姜雨晨 著

Hey, 考神君

中国青年出版社

**图书在版编目（CIP）数据**

Hey，考神君 / 姜雨晨著 .—北京：中国青年出版社，2015.5
（新青年成长教育）
ISBN 978-7-5153-2865-2

Ⅰ.①H… Ⅱ.①姜… Ⅲ.①长篇小说—中国—当代
Ⅳ.① I247.5

中国版本图书馆 CIP 数据核字 (2015) 第 060725 号

书　　名：Hey，考神君
著　　者：姜雨晨
主　　编：舒曼
责任编辑：庄庸　王昕
出版发行：中国青年出版社
社　　址：北京东四十二条 21 号
邮　　编：100708
网　　址：www.cyp.com.cn
门 市 部：(010)57350370
印　　刷：三河市君旺印务有限公司
经　　销：新华书店
开　　本：880mm×1230mm　1/32
印　　张：9.5
字　　数：250 千字
版　　次：2015 年 6 月北京第 1 版
印　　次：2018 年 6 月河北第 3 次印刷
印　　数：8，001~13，000 册
定　　价：29.80 元

本图书如有印装质量问题，请凭购书发票与质检部联系调换。
联系电话：（010）57350337

考神君就是不一样啊，

连鄙视人的样子都那么拽，

那么爷们儿，

那么……好看。

# 读书时，每个人都

　　每个人念书那会儿肯定都碰到过一个或那么几个考神君。"就这种题目？讲好听点是'拓展提升'，讲得直白一点就是'智障与正常人的分水岭'。就这种题您也错？"……不把这家伙写下来，简直太对不起他奇葩的个性了。

　　晨会的时候，我扶了一下眼镜，透过两片厚厚的镜片四处观望。
　　透过左边的镜片，隔得老远看见乔小胖。那家伙专心致志地揪瞌睡正揪得入迷。
　　透过右边的镜片，忽然看见不远处的"考神君"。那小子注视着主席台的方向，脸上依旧自然地挂着自信的微笑。
　　我叹了一口气，望着天——考神君啊考神君，果真是江山易改，

# 会碰到"考神君"

本性难移。


　　深夜，忽然一道灵光从脑海中划过。我迫不及待地铺开空白的纸，只觉得文思如泉涌，一发不可收拾——只是好像有个环节堵上，直接导致我的灵感无法宣泄出来。

　　"喂，考神君，我告诉你啊！刚才我的脑子里忽然灵光一闪。"

　　"哦，怎么？三年级那道智障面积题你终于琢磨出来了？"

　　"滚！我是想围绕你写一部小说，怎么样？要不要求我把你的形象描摹得更神圣、更优秀一点？"

　　电话那头沉默良久，考神君略带笑意的声音这才响起："不用了，只管如实写就可以了。"

　　我不由猛地咽了一大口口水——不愧是考神君，无论是实力，还是气场……依旧是如此强大！

　　于是乎，脑子里那个堵上的关卡一下子就被疏通了，积郁已久的灵感顿时如决堤洪水一般奔涌而出。终于，我在纸上落下了自己有史以来算得上最好看的狗爬字——《Hey，考神君》。


　　每个人念书那会儿肯定都碰到过那么几个考神君。

　　他们多半都拿着令人胃酸翻滚的高分，还摇头说："诶，考砸了。"

　　但我始终坚信，我碰到的这个是万里挑一的极品。

　　他有大部分考神必备的基本条件："喂，听说他是第一?!"

　　还有大部分考神忌讳的张扬："哈，爷又是第一欸！"

　　一句话，不把这家伙写下来，简直太对不起他奇葩的个性了。

"切，就这么简单的题？我光看 be 动词都能做出来。"

"呸，就这种题？我扫一眼就能做出来。"

"姐姐，我喊您老一声姐姐了啊，就这种题目？讲好听点是'拓展提升'，讲得直白一点就是'智障与正常人的分水岭'。就这种题您也错？"

······

我沉浸在文字里，沉浸在那段时光里。

因为始终觉得，那些已逝的时光，唯有在文字描摹后，才能在日后漫长的岁月中经久不衰，能让自己每每读到，都感到整颗心为之怦然沸腾。

# 我们的青春

彭治旗

　　雨晨这部小说《Hey，考神君》，最初在《课堂内外·创新作文》初中版上连载。连载不久，就收到读者反馈，说喜欢这部小说。在此之前，我们还没有做过这样的尝试，就是由一位"货真价实"的初中生在我们的杂志上刊载长篇。

　　第一次见到雨晨，是李晶编辑约她做"写作达人"。我看她文章出落得极为标致，就像夏天生长在水边的那些肥嫩而青葱的植物，恣肆得烂漫。这种原生态的"野蛮"生长，是少见的来自内心自然的写作状态。

# 由自己定义

　　由此，我便说"找雨晨要一部长篇来试试"。说这话的时候，我心里没底。在繁重的初中学习中，且不说每天被各科作业逼迫过着"苦行僧"般的生活，很多学生根本不愿意再提笔写什么小说；即使愿意，也会被家长耳提面命：学习是第一位的，什么都比不了学习。

　　出乎意料的是，雨晨答应了，且每月按时提交。这时我就知道，小说予她而言，不是差事，是生活的一个部分，就像吃饭、睡觉一样自然。这就很有意思了！

　　雨晨谈及《Hey，考神君》的创作时，说是来源于自己的生活现场，自己班上就有这么一位厉害的"考神"。在各种羡慕嫉妒恨的情绪纠结中，她由此找到了这部小说主角的原型。而她积淀的对校园生活独特的感受和理解，更为这位主角搭建了一个展示魅力的平台。

"考神"是校园中一种独特的生物。他们面容冷峻，我行我素，思维缜密，唯我独尊，在排名表上一直坐着头把交椅，无人撼动。他们带着这种荣誉光环，睥睨"众生"，好像不食人间烟火。这是比"学霸"更高等级的一种生命存在。

雨晨绘出了"考神"生命基因，让我们看到了这种生命独特的气质。考神的完美并不虚幻，因为他始终徘徊于我们的脑际。是雨晨为我们创造了这个无法抵达的梦想——原来考神是这样生活的！这就很令人惊喜了！

雨晨的《Hey，考神君》，与我看到的其他校园青春小说有所不同。

有的直击叛逆，解构学校教育；有的书写忧伤，表达成长的无奈；还有的表现情感，初心萌动……

我很难把雨晨的小说归类，因为她的题材类型和表达风格的确有一些独特的味道。她的文

字有着明媚的幽默，漫画似的描摹，让里面的每个故事场景都像一幅画，有很强的视觉感和冲击力。

在《第九卷　危机乍现》中有一段，雨晨把她的表达风格发挥得淋漓尽致：

纵然苏子莫再白痴，她也知道一个男生（尤其是柯盏这种花花公子）莫名其妙地把脸凑这么近接下来会发生什么。果真是狗改不了吃屎啊！一簇明艳的怒火在苏子莫的眼底绽开，只可惜柯盏完全没放在眼里，不然说不定他就能躲开接下来的那一击了——

一本不知是谁放在桌上的《现代汉语词典》，被苏子莫随手抄起就痛痛快快地拍在了柯盏迷倒万千少女的脸上。于是乎，浪漫言情剧就在一秒钟之内被一本足有1835页厚的《现代汉语词典》给"拍"成了暴力惊悚片。

"嘭"的一声，光是听着都觉着脸疼。一旁的带队老师也从"诶！要是那会儿我也有这胆量就不会错过"的感慨，转为了"嘶！幸好我当年没这胆量"的庆幸。

毫无疑问，血溅当场！

刚开始接触小说，我以为这是一部灰姑娘被"考神君"青睐的朦胧言情剧。随着情节的发展，雨晨颠覆了我的这个观念。我发现她的小说总是充满了未知与不确定性。

苏子莫并不是任何意义上的灰姑娘。她的身高绝对算是鹤立鸡群，她的总分成绩虽不耀眼，但英语和语文分数也足以秒杀一片。她和"考神君"的故事，不是生活中能找到的故事，但比生活更真实。

这就是雨晨小说的魅力。当懵懂的青春开始吟哦生活，我们的心事谁能读懂？这无关早恋，无关叛逆，更无关品德。这才是真正的成长，是我们每个人都要经历的心路历程。只是，作为大人，很多时候我们忘记了那份初心，那份纯净得如阳光下树叶闪亮的颤抖。

一次，我在公交车上看到一个上小学的孩子。她背着大大的书包，站在车窗边。

外面是淅淅沥沥的冷雨，车内是拥挤的人群和阻滞的暖气。车窗

上凝着许多雾气，所有人都被包裹在这一团雾气之中。没有人愿意动手擦拭玻璃，因为窗外是冷冷的景色，坐着的站着的似乎都更愿意昏昏欲睡。这个孩子在窗玻璃上用手画出了一个大大的笑脸，然后又把它完善成了一株向日葵。

看到她认真作画的模样，我笑了。孩子永远不会对周围的事物产生厌倦。他们按照自己的方式定义自己的生活，就像这个孩子在冷冷的风景中定义阳光的温暖一样。我们曾经都是孩子，但我们却忘了曾经的自己，忘了过去青春的模样。

雨晨在最恰当的年龄，以最恰当的方式把成长中的那段青春绘了出来。这是独一无二的一段，是我们共同拥有的一段，也是应该由我们自己定义的一段。这样，我们才能够说我们的青春是这样的姿态，而不是他者口中的另类描述。

我想，雨晨小说的意义便在这里。

（作者为《课堂内外·创新作文》初中版主编）

2015 年 1 月 19 日于重庆

# 半缘考神半缘君

每一个发生在南方小城的故事，兴许都会有场如梦如烟的细雨。趁着人们毫无防备之际，下一秒就会悄然降临。

说起雨天，脑海里浮现的大概会是那布着青苔的屋檐，还有屋檐下那张直到很多年后仍旧会思念的脸。空气里冰凉而潮湿的忧伤仿佛还在肺部蔓延……

也正是这样的相遇，不过女主角的形象不那么温婉可人——终于寻到了避雨的屋檐，她只差喜极而泣，豪爽地俯下身把湿了的鞋袜一脱，一下子起身的时候头有点儿晕，说不清是动作太猛了、还是面前考神同学的出现有点不合时宜。

兴许每个人都发现了一个心照不宣的事实——这俩简直根本不是一个世界的人。自小成熟稳重的他，习以为常地霸占着傲人的成绩，一言不发地散发着那么刺眼的光芒；而她，幼稚得完全不像个初中生，满腔热血、激情四溢地释放着年少的热忱，从小收到的请求就是："姑娘，你能不能消停会儿？"

真的，直到很多年后，他的记忆里，都始终埋藏着她那足以吵死人的爽朗笑声。

就那样一个烂漫到可以说好玩儿的她，跃然纸上，细细品读，心头萦绕的意味，是为她而感染的快乐。

　　他记得幼儿园的时候，有个小胖子把袖子一撩，比他小腿还粗的胳膊往桌上重重一放，震得那桌面晃啊晃，"来，单挑。"扳手腕是么？他可没输过。他记得从小学起，就有同学考完试一脸欣喜地说："这次也许能和你考得一样也说不定。"那信心满满的眼里，分明写满了要甩他十八条大街的坚定，只不过是表达得比较委婉而已。

　　直到碰见她，那张平凡得估计会被他忘得一干二净的脸，却被脸上的自信与笃定渲染得异常生动，说：

　　"考神君，这次我有百分百的信心超过你。"

　　每每坠入那段回忆的深海，她都会油然而生出一种惘然却又切实的欣喜。那个绰号"考神君"的家伙，似乎就从时光的另一头走来，仍旧是拽得不可一世的神情，仍旧是略长的额发，有着似乎是绝门秘籍的学习方法，让她连仰视的时候都冷不丁感慨共处一班甚是荣幸！

　　更多的，或许只是因为那个少年也有很多顽皮有趣的一面，比如说也会在体育课时把皱巴巴的校服四处乱丢，比如说也会痛骂出题老师脑子有病，比如说也会被老师从教室里狼狈不堪地轰出去……

　　字里行间的愉悦与欢笑为何？
　　却道是半缘考神半缘君。

# 目录

# 第一卷 只羡考神不羡仙

　　只一刹那，苏子莫就记住了炎褚裪那张很欠揍的脸。

　　乔熙九则是捧着微微发烫的脸颊，激动得半天说不出话。考神君就是不一样啊，连鄙视人的样子都那么拽，那么爷们儿，那么……好看。

北淮中学那棵高大苍翠的梧桐树旁，有一尊年岁颇久的青铜像，面色严峻、威严逼人。

意在警醒众同学一心学习，休得风花雪月。据闻那年，铜像莫名垂眉敛目，一段青涩悄然绽放……

交错的藤蔓在建筑的侧墙肆意蔓延，低诉着小城的古老；明媚的阳光自天空倾泻而下，美好得就仿佛往时年少。


意犹未尽地睁开眼睛，那个名叫苏子莫的大懒虫睡懒觉睡醒了。

做了个好奇怪的梦。梦见一个从来没见过的老师在上数学课，正在板书。她因为看不清一个数字，就转过头去看同桌的。同桌是一个bobo头，也不认识。印象很深的是，教室有一个大大的阳台，洒满了阳光。

原本还想翻个身继续和被窝缠绵，但一看墙上挂钟的时间，所有的困意立刻灰飞烟灭——眼看着就要迟到了。苏子莫顿时打了鸡血一般，一跃而起勒紧鞋带。正准备来一个百米冲刺奔向学校，一个趔趄，恍然大悟今天是星期天。


苏子莫特别喜欢自己所在的这座小城，并不繁华的古老街道给人一种静谧的悠闲。

在搬家之前，苏子莫每次上学都要经过这座小城的火车道。看着火车轰鸣远去的景象，苏子莫的心总会对未知的将来产生无限向往，又对小城产生无限依恋。

摊开"一字不染"的作业，苏子莫努努嘴——切，简单，上课时老师全讲过。

今天的作业足有六页纸，全是选择题，苏子莫做起来连眼睛都不眨一下。

就在这时，平时死气沉沉的手机却激情澎湃地响了起来，苏子莫的笔一边刷刷刷地继续答着题，一边左手去拿手机——

苏子莫一看屏幕，手中答题的笔不由得停下了，因为打来电话的人是自己的超级死党乔熙九。

乔熙九绰号"乔小胖"。

小的时候这俩一起养蚕，其中一只莫名其妙地病了。眼看着这只蚕病得快没气儿了的样子，为了让它坚强地活下去，乔熙九想了个主意："人工呼吸！对！人工呼吸！这样的话它就能活下去了！"

但是蚕宝宝的嘴太小了，苏子莫和乔熙九就拿着吸管，轮番对这只无辜的蚕宝宝做人工呼吸，整整坚持了一下午。晚上睡觉的时候，乔熙九还跟苏子莫说："真好啊，这样的话它就不会离开我们了。"

神啊，原谅这两个无知的少年吧。

"嘿，哥们儿，你六页选择题写完没？"乔熙九有气无力地问道。

苏子莫转头瞥了一眼自己的作业，自信满满地回答道："哦，快了。"

那边的乔熙九瞬间就跟打了鸡血似的振奋起来："啊？是吗？赶紧，赶紧的！你念答案，我照着抄！"

苏子莫动摇了一下，陷入了深深的纠结，张口结舌了半天，结结

巴巴地说："你怎么不自己想呢？题目可简单了。"

乔熙九一下子又绝望了，说："同志，真不行了，'革命尚未成功'，可我脑细胞已经被屠杀得差不多了。孤军奋战又不是办法，才想着给你打电话申请救援，'革命的道路是需要大家互相扶持的嘛'。"

苏子莫无语了，这家伙自从看了几部抗战片之后就一直满腔热血，平时说话都带点儿台词。

"同志，难道你真的忍心让我在革命的道路上独自凄凉地爬行？"乔熙九可怜巴巴地说道。

苏子莫哭笑不得地看了一眼自己的作业："我不也是从'革命的道路上'刚爬过来的吗？"

乔熙九深深地叹了一口气："别这样，真的。"

苏子莫想了想："要不你实在不愿意想题目，就自己瞎猜吧。"

乔熙九顿了一下，低声问："怎么瞎猜？"

苏子莫顿时想起在书上看到过的一个猜题绝技，赶紧说给乔熙九听："我听说通常三道选择题里肯定有一道题选 C。"

电话那头传来翻页时"哗哗哗"的声音，然后是乔熙九带着绝望的哭腔："同志，如果只有三道题的话，我会很感谢你的。"

苏子莫捏紧了手机："哥们儿，真的对不起。"

乔熙九带着哭腔的声音颤抖着响起："不用跟我说'对不起'，怪我自己不听课。"

电话里沉默了好久，苏子莫说："你没事吧？要不我告诉你这些题目的公式在哪一页，你做起来就简单一点了……"

"好哥们儿！怎么不早说！"乔熙九顿时就"满血复活"了，就像游戏里明明感觉已经 game over 了，却竟然又活过来了。

在苏子莫的悉心引导下，乔熙九顺利搞定六页纸的选择题。

"好同志，告诉你个事儿——我弄到了炎褚祤的 QQ 号。"乔熙九的语气里难掩兴奋。

苏子莫顿了一下："跟我有关系吗？"

是啊，凡是牵扯到炎褚祤的事情，跟她有半毛钱的关系啊？

想起炎褚祤，苏子莫的脑海里顿时勾勒出一个自以为是的大白痴的形象——高高的个子，帅气的脸，最爱玩的事情就是拿着一张百分卷折飞机——反正那个家伙的百分卷多得是，由此获封"考神君"。

光是想想就让人来气儿。

乔熙九卖起了关子："切！什么嘛，原来你没兴趣啊，那我挂了啊……"

"嗯，那就拜拜了。"苏子莫也不为所动。

电话那头沉默了半天，苏子莫问道："喂，你怎么还不挂电话？"

"那个，我最好最好的哥们儿，我想请你帮个忙。"乔熙九支支吾吾地说道。

"什么？"苏子莫摆弄着一只钢笔，漫不经心地问道。

"你能不能帮我问问炎褚翊的手机是什么牌子的？"乔熙九带着一丝胆怯，小声问道。

啪——

苏子莫手中的钢笔掉到了地上。她甚至来不及管地上的钢笔，就对着电话那头叫了起来："乔小胖！你发什么神经？你直接加他QQ不就行了吗？管人家手机是什么牌子的呢？"

"不是啊，我想加他QQ来着的，但是他QQ添加好友的时候设置了一个问题：'我手机是什么牌子的？'可是我又不好意思去问他手机是什么牌子的，所以才拜托你去问啊。"乔熙九无辜地说道。

苏子莫很不爽地问："为什么要拜托我去问？"

"因为你是好学生啊！炎褚翊也是好学生，你们俩应该有共同语言，问起来也就更方便啊。"乔熙九理所当然地说道。

苏子莫只想吐血。好学生？是啊，大家都是好学生。但苏子莫从古至今都没跟那家伙说过一句话、有过半点交集——苏子莫非常不喜欢炎褚裥跟人说话时好似高人一等的架势，不就是成绩好了"点"么？

"没有啊，他可平易近人了。咱班上到学习委员，下到普通同学，谁不是跟他有说有笑啊？"乔熙九为炎褚裥打抱不平。

"呸！你们都被他蒙蔽了啦！"苏子莫手舞足蹈地反驳道。每当她说话自觉理亏时，都会不由自主地加上肢体动作。

真不知道乔熙九怎么会对炎褚裥感兴趣。

苏子莫跟炎褚裥的交际少得可怜。印象最深的一次，是和乔熙九走在走廊上，苏子莫正在小声背单词："zero后面的单词是，c、h、i、c、k、e、n——chicken。"

"呵呵，小鸡！"乔熙九眉飞色舞地高声答出了中文。

哪里知道，却招来刚好路过的炎褚裥一记重重的鄙视："流氓。"

只一刹那，苏子莫就记住了炎褚裥那张很欠揍的脸。

乔熙九则是捧着微微发烫的脸颊，激动得半天说不出话。那会儿受应试教育毒害太深，觉得考神君就是不一样啊，连鄙视人的样子都那么拽，那么爷们儿，那么……好看。

# 第二卷 考神君的初登场

　　成绩单前，苏子莫踮起的脚尖微微有点僵硬。仰着下巴看了半天，苏子莫的头又颓然垂下——不得不说，考得很好……只是，还是考得不如炎褚裪好。"我是满分啊，你呢？"炎褚裪的目光在苏子莫身上停了一秒。

经不住死党的软磨硬泡，星期一的时候苏子莫就准备行动了。

但是苏子莫不是笨蛋，不会去主动招惹炎褚裥那个家伙。于是乎苏子莫把目标放在了炎褚裥的同桌身上。

"啧？不错啊，堂堂语文课代表苏子莫，竟然也来向我打听炎褚裥？难得啊，稀客稀客。"炎褚裥的同桌是个戴着眼镜的标准文科男，叫安小藤，成天捏着下巴装深沉。

"你就说，帮还是不帮？"苏子莫心想这次为了死党，豁出去了。

"帮！语文课代表的忙，我怎么敢不帮？说吧，要打听什么？"安小藤一拍桌子，信誓旦旦地说道。

"炎褚裥的手机是什么牌子的？"苏子莫深吸一口气，鼓起平生最大的勇气问道。

安小藤扶着额头："哎哟，这个问题已经有多少人来打听了？"乍一听是满满的无奈，但那眉飞色舞的神色还是无声地向全世界昭示着"谁叫我是考神君的同桌呢"的得意。

苏子莫抱着胳膊，不急不躁，平时那些数学题把她的耐性修炼得很好。

"来，我记在纸上——别忘了，你欠我一个人情哦。"安小藤挤眉弄眼地坏笑着。

苏子莫弯着腰，看安小藤在纸上写下了一个牌子，然后是一串型号。苏子莫正准备拿起来看看，忽然一个声音慢悠悠地从耳畔响起："安小藤，难道你没发现我早就换手机了么？"

安小藤吐了吐舌头，嘻嘻地笑了："语文课代表，那这个忙我可能帮不了了。"

而苏子莫，完全顾不上安小藤的话，呆愣在原地，如五雷轰顶！

她欲哭无泪地寻思道：也许曾经，在炎褚裪眼里我还是个沉默寡言、安静内敛的淑女（算了吧，苏子莫，你的粗犷笑声早就把你的真实面目暴露了），但现在，我说不定已经被划进了"默默暗恋考神的小花痴名单"。这下完蛋了。

调整好表情，苏子莫僵硬地缓缓转身，不自然地勾着嘴角笑："呵、呵、呵，安小藤啊，我忽然想起数学作业没写完，先走了哈。"

炎褚裪则是满不在乎地打着哈欠："安小藤，刚才看你在写写画画的干吗呢？"

意识到安小藤那个家伙可能会把自己"卖"了，苏子莫当着炎褚裪的面，狠狠地连拽带拉弄走了安小藤。


"苏大侠，饶命啊！"安小藤哀嚎。

苏子莫抹了一把头上的汗："答应我个事儿。"

安小藤一脸认真："说！"

"千万别跟炎褚裪说我打听过他的手机，千万别！算我求你了。"苏子莫合十双手对着安小藤，一脸诚恳。

安小藤捂着胸口长舒一口气："切，我当多大的事儿呢。得，以我安小藤的办事能力，您老只管把心揣进肚子里。"


苏子莫点点头，满意地离去。

安小藤还热情洋溢地挥动着手臂："不送了啊，大课代表！"

唔，该介绍一下主角了——苏子莫，传说中能像嚼糖豆那般顺利倒背唐诗三百首的语文课代表。作为一个其实内心十分好强的人，她尽管没有一次考赢过炎褚祤，但仍旧孜孜不倦地想着有一天要战胜他。

　　就因为这种莫名的好胜心，苏子莫一直没跟炎褚祤有过任何交际。

　　成绩单前，苏子莫踮起的脚尖微微有点僵硬。

　　仰着下巴看了半天，苏子莫的头又颓然垂下——不得不说，考得很好……只是，还是考得不如炎褚祤好。

　　"我是满分啊，你呢？"炎褚祤的目光在苏子莫身上停了一秒，随口说道，接着转身离去。

　　这家伙，早就看出来苏子莫想超过他啊。

　　"同志，怎么了？"乔熙九"咚咚咚"跑了过来。

　　"差一点点。"苏子莫扶着额头，无力地靠在了墙上。

　　乔熙九仰头睁着一双大眼睛看了成绩单半天，反复对比苏子莫和炎褚祤的成绩，最后大力拍着苏子莫的肩膀，以抗战时慰问伤兵的口吻同情地对苏子莫说道："同志，革命的道路，还差很多'点'。"

　　周末，苏子莫去学小提琴，学完琴，窗外已是倾盆大雨。

　　苏子莫原本自信满满地打着雨伞，扬扬得意地心想——让暴风雨来得更猛烈些吧！但当她一脚走进一大片水塘的时候，她就再也得意不起来了。鞋袜全湿了，冰凉濡湿地贴在她的脚上，悲痛无奈之中，她顿觉自己的脑袋正以不可思议的速度膨胀着。

狼狈不堪地跑到屋檐下，苏子莫才刚刚松一口气，手机又响了。

"喂，同志，此刻雷雨交加，不知你在干吗？"乔熙九故作深沉的音调格外好笑。

苏子莫也放粗了声音道："报告司令，此刻雷雨交加，属下正站在屋檐下，因为鞋袜全湿了。凉鞋湿了也就算了，更可怕的是属下的袜子湿了，请求指示！"

乔熙九顿了一下："同志，你等一下。"

沉默了好一会儿，电话里又传来乔熙九的声音："同志，我现在不能与你一起有难同当，所以我把自己脚上的袜子打湿了，最后得出结论——原来只要脱下来扭干就可以了。"

苏子莫的心里忽然涌起了一阵阵感动："嗯，遵命！"

说起来挺容易的，但真正要实施就更狼狈了。苏子莫四下打量没人，便把伞放在地上，有点笨拙地脱下袜子，她自小平衡感就不好，此刻单脚离地，拧袜子时就显得格外费力。远远看去，她那副东倒西歪、蹦蹦跳跳的样子还两手掐着一只袜子的样子，活像在跟一只小型猛兽搏斗。

就在这个时候，一抹熟悉的身影忽然出现在眼前。苏子莫原本正专心致志地在扭干袜子，一看见眼前的身影顿时愣住了。

她多么希望是乔熙九带着一双干爽舒适的袜子特意来找她啊，就哪怕是安小藤不带袜子也行啊……

就哪怕是个不认识的人，也行啊。

因为此时此刻出现在眼前的，竟然是炎褚祤啊！是那个苏子莫做梦都想超过的炎褚祤啊！

"真、真巧啊。"苏子莫的手里还捏着一只湿湿的袜子，勉强扯出了一个有点牵强的微笑。

炎褚祤也不搭话，收起了自己淡蓝色的伞，也走到了屋檐下，漠然地看着苏子莫。那眼神，似乎是在询问是不是需要帮助。

"你怎么在这儿？"苏子莫结结巴巴地问。

"刚去书店买了本小说。你怎么在这儿？"炎褚祤终于开口了，始终平淡如水的神情更衬得这家伙高高在上。

"我？我在洗袜子啊。"苏子莫举起手中那被捏得皱巴巴看上去很无辜的袜子，在炎褚翊眼里估计会很白痴吧。

"哦。"炎褚翊仰头望天，45°侧脸格外俊逸。

真帅。

苏子莫在心底暗暗地想，同时义愤填膺，老天怎么会这么不公平？为什么把那么多优点都给了这家伙？

"袜子要是湿了怎么办？"忽然，一个磁性的男声传来。苏子莫一转头，说这话的，正是炎褚翊。

"诶？"苏子莫愣了一下，没反应过来。

"语文课代表那么聪明，还没明白么？"炎褚翊微微皱眉，就好像苏子莫不够聪明简直就是滔天大罪。

苏子莫一愣。虽然有很多同学都会称呼她为"语文课代表"，但是这个官名从炎褚翊的嘴里说出来，听到苏子莫的耳中，就有一种说不出的奇怪感觉。

苏子莫小心翼翼地瞥了一眼炎褚翊，就见他微蹙的眉头，顿觉好像明白了什么："等等，这副表情——你的平静都去哪儿了？"

炎褚翊把目光转到了苏子莫的脸上："如果你袜子湿了，你还能保持平静么？"

苏子莫惊讶地低头，一双同样湿漉漉的鞋袜映入眼帘。

"噗——"苏子莫捂着嘴，笑得死去活来——哈哈哈，那个平日里优秀得光彩夺目、干净得一尘不染、高傲得目不斜视的炎褚裀，竟然湿了袜子！

还会有比这更搞笑的事情么？

炎褚裀又把目光转到了屋檐上，一副很不解的样子。


"把袜子脱下来吧，会好受一点。"苏子莫无比同情地奉劝道。

这是她有史以来第一次觉得自己好像战胜了炎褚裀——她知道怎么应付湿了的袜子，而炎褚裀不知道。

"不。"炎褚裀不容置疑地吐出一个字，彰显出几分少爷的任性脾气。


苏子莫也不再说话，两个人之间恢复了沉默——苏子莫照旧双手各拎着一只皱巴巴的袜子，光脚踩在凉鞋上；炎褚裀依旧拿着他那把淡蓝色的伞，穿着很不舒服的湿鞋袜。

也不知过了多久，原本"噼啪"作响的雨声渐渐放低了声音。

"我的袜子好像干了啊，你的呢？"苏子莫穿上袜子，临走前还不忘笑嘻嘻地嘲讽炎褚裀一句。


苏子莫和考神君炎褚裀的梁子，就这么顺理成章地结下了。


星期一清早，苏子莫迷迷糊糊地揉了揉眼睛。一看表，才6点，没事儿，再睡会儿。

这么想着，苏子莫就又缩回了暖暖的被窝里，沉沉睡去。

直到卧室的门被一脚踹开，老妈挥舞着锅铲，杀气腾腾地冲进来："苏子莫，起床！你是不是还想迟到？"

苏子莫猛地一睁眼，墙上的钟赫然显示着7：20。若继续这么不知死活地睡下去，就只有被罚站的份儿了。

苏子莫顿时如离弦箭一般跳下床，急急忙忙地套上校服，五分钟打理好一切事情，叼着一袋牛奶飞奔出家门。

走在上学的路上，苏子莫只觉得生活平淡得有点无聊——诶，这样的生活，什么时候才是个头啊？

正当苏子莫百无聊赖之际，忽然听见身旁传来"砰砰砰"的声音，苏子莫飞快地转头扫了一眼，一个疑似大帅哥的身影轮廓就映入眼帘。

苏子莫赶紧把头转了回来，不得不承认她喜欢看帅哥，但是还只是处在"看"的阶段，俗称"有贼心没贼胆"。

捂着脸偷偷花痴了一下，苏子莫忽然觉得那帅哥有点眼熟，小心翼翼地又偷看了一眼——炎褚祤正在拍着一个篮球。

一种罪孽滔天的感觉顿时淹没了苏子莫的整颗花痴心——天啊，神啊，我刚才竟然对着炎褚祤发花痴！

　　抵不住内心的纠结，苏子莫又转头看了炎褚祤一眼。

　　平时就听乔熙九说了："炎褚祤啊，哎哟，身高一米八的大帅哥啦！"

　　今天一看，确实，干净利落的线条勾勒出一张无可挑剔的脸，乍一看挺顺眼，再一看，一种心跳的感觉就莫名地突然闪现。

　　苏子莫敲着自己的额头——苏子莫啊苏子莫，你在想什么啊！炎褚祤有什么好看的？不就是长得有点混血的感觉么？不帅，对，一点都不帅！

　　"你怎么这个时间才上学？"正欣赏着，炎褚祤开口了。

　　原本还沉浸在自己的花痴小心思里的苏子莫，一下子就愣住了。就宛若在大热天里被揪进了凉水里，苏子莫突然没来头地紧张了起来。

　　"啊？你不也一样吗？"苏子莫说道。

　　"哦，对了，这个。"炎褚祤从包里掏出一把折叠伞，递给苏子莫。

　　苏子莫想起来了，原来昨天穿上袜子扬扬得意地离开时，竟然把伞都忘在地上了。

　　苏子莫接过伞。

　　送伞诶！明明是举手之劳的事情，但是落在一副不食人间烟火架势的炎褚祤身上，一下子就升华为了足以让苏子莫感动得一塌糊涂的壮烈之举。

一种愧疚感瞬间涌上心头，并且久久地萦绕在心头挥之不去。

"苏子莫，怎么不好好听课？我刚才说寿司里面最重要的一道食材是什么？"

下午的课外烹饪课，苏子莫正在分神，冷不丁就被老师发现了。

苏子莫只好把头低下来。堂堂语文课代表竟然被老师点名批评，实在是太可怕了。

早知道当初选修"课外××课"的时候就不该选烹饪。说来也怪苏子莫嘴馋，总想着到了烹饪班就可以吃很多好吃的了。

而苏子莫自己的烹饪技术，却实在是不敢恭维——苏子莫有好几次险些被噎死在自己做的菜下。

苏子莫也想像其他同学一样，在品尝一口自己做的菜之后，露出满意的微笑："嗯，味道不错。"

只是，实在是做不到啊。

不过还是得承认，寿司是一道很简单的菜，只要搭配好配菜，就能做出一道味道不错的寿司。

而且对于极具创新精神的苏子莫，今天就是大展身手的时候了。

# 第三卷 给考神第一次下战书

"有梦想是好事，但不能'痴心妄想'。"某学霸撑着下巴，苦劝浪子回头，"所谓痴心妄想，比如说'我要比比尔·盖茨还有钱'啊、'我要奴役全宇宙'啊、'我要超过炎褚栩'啊……"

如果说青春是一场前途漫漫的旅行，有的人会选择打着手电筒，小心翼翼地行驶；有的人则会选择一脚油门轰下去，趁着风光好年华，洒脱轻狂一把。

这注定是一个让苏子莫记忆犹新的夏天。纵使往后数不清的年岁纷纷流逝，她依然时常会想起这个仲夏，想起给考神君下的第一封战书，想起彼时热血翻滚，年华沸腾。

"人如果没有梦想，那跟咸鱼有什么分别？"

苏子莫把一只脚搭在凳子上，抱着胳膊，豪情万丈地吼出了星爷的这句台词。

"有梦想是好事，但不能'痴心妄想'。"某学霸撑着下巴，苦劝浪子回头。

"什么意思？"

"所谓痴心妄想，比如说'我要比比尔·盖茨还有钱'啊、'我要奴役全宇宙'啊、'我要超过炎褚祤'啊……"某学霸说着，一副历经沧桑、看破红尘的架势。


把镜头转回到烹饪课上。

苏子莫表情纠结地望着面前的寿司，曾经尝了自己做的食物后干呕得半死的诸多往事，还历历在目，怎敢下口？

就在这时，一帮搜寻美食的家伙就过来了，顺手拈了一个寿司就放进嘴里。苏子莫顿时狠狠地倒抽一口凉气，眼睛瞪得像铜铃。

"嗯嗯嗯，味道还不错嘛。"不少赞许的目光投到了苏子莫身上。

真的咽下去了？苏子莫的眼睛瞪得更大了。于是乎，苏子莫小心翼翼地尝了一口……

教室里，一帮男生正热火朝天地聊着择偶标准。

炎褚祤边听边刷题，忍不住插了一句嘴："至少得找个会做饭的吧？"

"嘿！考神你家那么有钱，还打算让考神夫人亲自下厨啊？"

"不单单是做饭的问题，一个能烹饪出美味食物的女孩，生活能力和思维能力都不会差。比如说寿司吧……"

炎褚祤正说着，教室门忽然被一脚踹开，就见苏子莫端着一盒寿司："考神，尝尝我做的寿司！以此报答你帮我拿伞之情。"

只可惜最后一句话被淹没在一片起哄声中了。


"什么情况？"

苏子莫百思不得其解，把目光转向炎褚祤寻求答案。炎褚祤则是扶着额头，一副"你怎么早不来晚不来，偏偏这个时候进来"的表情。

其余几个知情的家伙也不吭声，坏笑着看好戏。

"尝尝。"苏子莫把寿司放在桌上，无比期待地看着炎褚祤。

炎褚祤提起筷子正欲开口，就听安小藤说："快吃啊，快吃啊。尝尝好吃不好吃，好吃的话呢……"

说着，和周边的人对了对眼色，低声道："就早点娶人家过门啦。"


"话多！"

苏子莫就听见安小藤嘀嘀咕咕不知在说什么，便塞了一个寿司在安小藤嘴里。安小藤遭突然袭击，先是呛了两下欲吐出来，嚼了两下发现味道不错，不禁情不自禁地赞叹："喂哟，好吃欸！"

话音未落，就对上炎褚裪那双似笑非笑的眼眸。

安小藤赶紧双手奉上一整盒寿司："考神你吃，我对做饭做得好的女生没兴趣！"

苏子莫抱着胳膊看着这场闹剧，笑得眉眼弯弯。既然如此一个做饭白痴的她，都能做出咽得下去的寿司，那只要不懈努力，有朝一日超过炎褚裪又有何不可？

闷热的下午，苏子莫撑着下巴，眼睛盯着一道作业卷上的数学题，脑子里却在想炎褚裪。

眼前这是多简单的一道题啊，不过是一些烂熟于心的公式拼凑在了一起。

英语U8就要考试了，是不是该下个战书什么的呢？话说炎褚裪那种人还真是变态啊，对于他来说，成绩只有"扣分"和"不扣分"的区别。

她清晰地记得有一天放学，看见考神妈轻轻地用手指点着儿子的额头，恨铁不成钢地说："你啊你，这次科科都被扣分了！"可怜的苏子莫吓得手一抖，白花花的包子就咕噜噜滚到了地上，害得她心疼了好久。

交代一下背景，现在应该是体育课，大部分同学都在操场上，忍受着灼热的阳光似考砸后爹娘的巴掌一样硬生生打在身上。

而苏子莫的体温，在这样一个热得人不耐烦的天气，十分识趣地升高了，俗称"发烧"。

至于炎褚裪，因为不想上，所以就没上，就这么简单。这样的任性，对体育总是不及格的苏子莫来说，只能是奢侈品。

"盯着这
么弱智的一道题目在
想什么呢？"声音玩味，似笑
非笑。

"怎么是你？！"

原本只在脑海里出现的脸，忽然现身眼前，苏子莫简直就跟看到了瘟神一样紧张了起来，生怕炎褚祤深邃的眼眸一眼洞穿自己的内心。

炎褚祤莞尔道："我不就找点乐子么？怎么你这么紧张？"

苏子莫郁闷地提起笔，心不在焉地解题，咕哝着："那你找你的乐子去呗，找我做什么？"

话虽这么说，但苏子莫还是可以明显感觉到炎褚祤依旧是阴魂不散，一只手撑着课桌，另一只手撑着苏子莫的椅背，静静地看着苏子莫解题。

苏子莫不由得紧张起来，但还是装作若无其事的样子硬着头皮解题。

"我想抽你，你到底会不会做啊？"

炎褚祤夺过苏子莫的笔，在卷子上飞快地书写，苏子莫惊叫："作辅助线？""设未知数？"……总之，十分准确地把炎褚祤的每一个解题过程都叫出了名字。

就像武侠小说里一样，如果你武功不高强的话，就好好地记住一些招数名称。别人出手揍你的时候，若你一脸崇拜地喊出那个招数的名字，那么……有点良心的人都不会下手太狠。

炎褚祤一盖笔帽，"咔"一声，那叫一个霸气外露。

"好了，谢谢，你写自己作业去吧。"苏子莫挥挥手。

"早就写完了，不然我哪有空找乐子？"炎褚祤打着呵欠，一副不屑的样子。

"'找乐子'？哼……"

苏子莫小声咕哝，继续埋着头写作业——是啊，对于炎褚祤这种天才考神来说，别人两个小时才能完成的学业，他只用十分钟，余下大把大把的时间没事干，最可怕的事情就莫过于无聊了。

也不知过了多久，苏子莫试探性地抬起头，四处张望，却不见了炎褚祤。

苏子莫赶紧扑到窗户旁一看，篮球场上几道熟悉的身影正在激烈地角逐着，那不是自个儿班的男生么？

苏子莫眯缝起高度近视眼。那一道最惹眼的身影，不就是炎褚裪嘛！

的确很惹眼，苏子莫不屑地切了一声。在围观的女生眼里，炎褚裪都快比众人争抢的篮球还惹眼了。


"切，不就是个子高了点，长得帅了点，成绩好了点而已嘛。至于这么受欢迎吗？"

苏子莫不满地低声咕哝，要超过炎褚裪的信心也如风中烛火，几近熄灭。

苏子莫蹑手蹑脚地走到炎褚裪的座位旁，压抑着内心滔天的纠结，弯下腰，看见一个熟悉的本子安安静静地躺在抽屉的正中央。

我就只看一眼！

她咽了口口水，对自己说。

一边悲痛地想着"我怎么觉得自己好像偷窥狂啊"，一边硬着头皮掀开笔记本的封面，却发现上面只写了一句话——谨以此话献给那些想偷我笔记的同学，我把笔记都记在脑子里了，劳烦各位白白专程跑一趟了。

炎褚裪，你欠揍是吧！又不抄笔记，还买个笔记本显摆！你说你不抄也就不抄了，还写这段话！是活得不耐烦了吗？！

苏子莫的雄心斗志彻底被唤醒了。激动之中，仿若看见诸葛丞相跨越时光的隧道，轻轻拍拍她的手说道："这是我所有的智商，少女，拿好！"


苏子莫当即掏出英语书，就开始认认真真地背笔记。大约半个小时后，短信铃响了。

"嘿，同志，干吗呢？"不用看发件人也知道，肯定是乔熙九发来的。

"报告司令，在背英语。估计这次英语考试能完成革命的重大任务。"苏子莫合上书，顿觉自己上知天文下知地理啊，别说一个炎褚袖，十个炎褚袖都不是对手啊！

这么想着，苏子莫简直完全陶醉在自己对未来的遐想中了——甘拜下风的炎褚袖，无人能敌的好成绩……已然迫不及待了啊！


短信铃又响了。

苏子莫正准备跟乔熙九分享一下自己的美好遐想，一看手机上显示着一条乔熙九的短信："什么'革命的重大任务'？"

苏子莫奇怪了，想也不想地就回了一条："就是这次英语 U8 考试，我有百分百的信心超过炎褚袖。"


这条短信发出去后，手机就彻底安静了。苏子莫索性继续背笔记，打算一鼓作气把遐想变成现实。


也不知过了多久，短信回了。

依旧是乔熙九的手机发来的："大课代表，对不起，刚才我抢乔熙九的手机玩。好消息是在下安小藤绝对不会把您的宏图伟略说出去，坏消息是炎褚袖在我旁边。"


惨了。

完了。

苏子莫扶着额头，顿感天崩地裂。

她可以想象炎褚祤趾高气扬地说："就凭你？也想超过我？"就算他不说，也会有其他同学替他说。

神啊，为什么要这么对我？

你说你想超过人家，想想就算了，谁不想超过别人啊；但你说你有信心百分百超过人家，这话就具有足够的火药味儿了。

正当苏子莫痛苦纠结的时候，下课铃打响，教室门被人一把推开了。苏子莫缓缓抬头，瞬间便对上了炎褚祤清澈的眸。

苏子莫仓皇把头低了下去，心中默念——快回座位去，快回你自己座位去！

但是炎褚祤那家伙丝毫不顾苏子莫紧张得要杀人的表情，直直地朝苏子莫这个方向走过来。

苏子莫见状，继续在内心默念——去找班花，去找班花！你看看人家今天打扮得多漂亮！

班花就坐在苏子莫前面的座位，炎褚祤抱着个篮球，鼻尖还闪烁着点点汗珠，就朝这边走过来了，看架势多半是找班花的。

正当苏子莫长舒一口气时，一抬眼，就看见炎褚祤一脸认真的样子。

"喂！"苏子莫猛地一后仰，惊魂未定道："把我吓出心脏病，你得赔啊。"

"这算是战书吗？"炎褚祤扬着眉，颇具玩味地笑着说。

"啊？"苏子莫一愣，战书？是指"被吓出心脏病就找你索赔"的威胁吗？

炎褚祤看着苏子莫一脸无辜的白痴样，无奈道："你不是说百分百的信心超过我吗？"

一瞬间，有好几种回答方法从苏子莫的脑子里一闪而过——"啊？没有啊？有这么回事吗？"

"炎学神，别当真啊，我说着玩的。""啊？你刚才说什么？再说一遍？哦，我好像听不懂中文了。"

苏子莫一张口，实在不知道该用哪种说法来当托词，最后心一横——反正不论怎么解释，都不可能瞒得过炎褚祤。

苏子莫心一横，十分豪气地点了点头。顷刻，一旁刚回教室的同学都震惊了。

炎褚祤是谁？不可一世的尖子生啊，什么时候败在别人脚下过了？

就算平时班里那几个学霸偶尔超过炎褚祤，那也只是偶尔。传说老天就偏爱炎褚祤，其他几个学霸存在的目的只是为了让炎褚祤有危机感，仅仅只是危机感。

"不、不信就算……"

"不，我信。"

炎褚祤的声音有点沙哑，带着变嗓期少年专有的磁性。说完，转身离去的时候，还不忘对苏子莫意味深长地一笑。

这一笑要命，苏子莫忽然觉得无法描述内心的感受——像一支灌饱墨水的钢笔在木桌上滚动；像秋日的一片落叶晃晃悠悠地落在肩头；像有一个拿着棒棒糖扎着羊角辫的小丫头冲着她微微笑……总之，就是喜欢这种感受。

"哼，不要脸的手段。"

前面的班花转过头，狠狠地瞪了苏子莫一眼。

苏子莫顿觉莫名其妙："什么玩意儿？"

"她觉得你给炎褚裀下战书，是勾引炎褚裀的手段。"安小藤悄声附在苏子莫耳边说道。

"为什么会有这种奇怪的想法？"苏子莫向来觉得"勾引"这词儿十分过火，更何况现在这词儿被安在自己身上，自然不爽。

"废话，要不然你给炎褚裀下战书干吗？打自己耳光吗？你又不可能真的超过他。"安小藤撇着嘴，一副"我也怀疑你有勾引嫌疑"的狐疑表情。

"安小藤，连你都不信我？！我这次偏要考给你们这帮家伙看看！"

# 第四卷 又一个学霸粉墨登场

为了实现自己"U8考试百分百超过炎褚祤"的豪言壮语，苏子莫特意向自己的好哥们儿宁堇年申请了支援。这是一场只能赢不能输的战役，输了就会被彻底扣上"不过是有意引起炎褚祤注意"的花痴帽子。

要说起宁堇年，这家伙就忒奇葩了。

语文差得天翻地覆，小时候没少被老爸老妈打过；但数学英语之类的学科就很不错；尤其是英语，这家伙背起英语就跟玩似的。

"苏爷摊上事儿了，哥当然要帮啊。"宁堇年眯缝着眼睛，懒懒地打着哈欠。

"得了，你就告诉我怎么样才能跟你一样强吧。"苏子莫的眼睛里写满了期待。这家伙虽然数学远没有炎褚裪凶残，但是英语跟炎褚裪还是有些不相上下的。

"还有五天考 U8，你这几天跟哥一起复习呗？"宁堇年捧着英语书，复习着笔记。

"嗯！"苏子莫一阵猛点头。


下课的时候，苏子莫跟宁堇年凑在一块儿复习，有不会的就问。宁堇年还当场出了几道奥英题给苏子莫。

乔熙九凑过来一次。但苏子莫急于请教，就把乔熙九冷落了，惹得乔熙九直咕哝："什么嘛，竟然为了宁堇年那个家伙就不理我了……这个同志生活作风有问题啊。"

宁堇年瞪了乔熙九一眼："那姑娘，哥早看她不顺眼了。"

苏子莫倒是不在意，此时此刻对于她来说，只要 U8 超过炎褚裪，世界就美好了。

"来，这几题，试试。"宁堇年眼睛也不眨地又在本子上"唰唰唰"写了几道题。

苏子莫一看，唔，有点难。

大约五分钟后。

宁董年由衷地发出赞叹："苏爷不错啊，真让哥刮目相看了呢。"

苏子莫一被夸，顿时就找不到北了，呵呵地傻笑："哪儿啊？是宁爷教导有方。"

忽然，本子被一把夺去。

苏子莫猛然抬头，就看见了炎褚裪那张微微蹙眉不屑至极的脸："切，就这么简单的题？我光看 be 动词都能做出来。"

"谁能跟你这凶残至极的变态比啊？"苏子莫愤愤地低声骂道。

眼看着空气里的火药味儿渐渐变浓，乔熙九恰好出现："喂，宁同志，司令找你。"

宁董年理了理领子："苏爷，自己先复习着啊，哥马上回来。"

说着，就朝班主任办公室走去了。

苏子莫继续闷不做声地复习。炎褚裪看了眼表——补觉时间到。

就在炎褚裪转身的一瞬间，苏子莫望着眼前这道貌似完全不是人类思考范围内的题，终于忍不住开口了："喂，炎、炎褚裪，能不能，给我讲一下这道题？"

炎褚裪转过身，丝毫没有幸灾乐祸、扬扬得意的做派，拿起苏子莫的练习册："哦，这道题啊，简单简单，就是讲起来有点麻烦，你听好了啊……"

说着，炎褚裪拿起笔，仔仔细细地讲了起来。

一旁的乔熙九急得直跺脚："真可恶，刚才为了宁堇年那家伙不理我，现在又因为炎褚裥就不理我了……这个同志的生活作风实在是太败坏了！"

苏子莫一边听题，一边偷偷瞄炎褚裥——思考题目时微微蹙眉凝神的模样，讲解时，深邃的眸子里透出无限的专注。

"难怪班花等女生会对炎褚裥这般痴迷。这类男生就是活脱脱的'桃花源'，众人向往。不好好珍惜，就再难复得了。"苏子莫在心底暗暗赞叹。

"怎么了？"炎褚裥说着说着，发现苏子莫的注意力渐渐从习题册转移到了自己的脸上，忍不住奇怪地问道。

苏子莫仓皇转头，扯了个理由："你头发上有东西。"

炎褚裥挤眉弄眼地坏笑："啊？多半是风把你的头皮屑吹到我头上了吧。"

就在这时，教室门被大力推开。

苏子莫微微抬眼，竟是宁堇年，一脸严肃地径直朝苏子莫走过来："苏爷，哥给你带来个坏消息——老师改主意了，明天就考U8。"

"啊？这么快？"苏子莫惊声叫道。

"少说废话，今儿哥给你突击补习！"宁堇年说着从书包里掏出一本厚厚的笔记本，小心翼翼的动作处处显出此物的神秘。

苏子莫惊讶："这是什么？"

宁堇年自豪一笑："哥几次考试战胜炎褚裥的秘密法宝。"

"少来这套了，你那本笔记我早就背下来了。不过，不得不承认你的整理能力很不错。"炎褚祤打着哈欠，露出了懒洋洋的赞许一笑。

"什、什么？你竟然乱翻哥笔记？"宁堇年惊叫。

炎褚祤不耐烦地皱皱眉："宁堇年，别把别人都想得跟你自己一样龌龊！是你那天复习完就把笔记摊在桌上，我顺便就花了一下午的时间背下来了而已。"

"切，有什么了不起？你就看着哥'化粪土为神奇'吧！"宁堇年说着就把苏子莫扯走了。

苏子莫越想越火大："给我说清楚！你是想说我是粪土吗？"

"want 对应的词组是什么？"操场上，宁堇年抽背道。

"want somebody to do something……want something…… 唔，还有呢，我想想啊。"

苏子莫正说着一转头，就看见一帮男生在打篮球。其中，当然有炎褚祤。

"炎褚祤在打篮球啊。"

苏子莫轻声说道，言下之意就是：对手炎褚祤都在打篮球，咱们是不是能歇会儿了？

宁堇年倒是很平静，没有因为苏子莫的懈怠而暴跳如雷，缓缓道："嗯，是啊。如果哥知道需要对付的仅仅只是苏子莫的话，哥也会去打篮球的。"

苏子莫的自尊心一下子就受到了重创："喂，好歹我绰号也是'苏学霸'吧？用不着这么贬低我？"

宁董年叹气道："苏爷岂是不知，您这'学霸'在'考神'面前，就是个渣渣？！"

"好！谁怕谁！咱们继续复习！"苏子莫一鼓作气，继续和宁董年互相抽背。

时间过得飞快，一晃眼，U8考试就结束了。

"考得怎么样？"苏子莫的手还是冰凉凉的，惊魂未定地对宁董年挤出一个苍白无力的笑容。

"还行吧。"宁董年绽开了自信的微笑。

就在这时，炎褚裪走了出来，宁董年扬手打了个招呼："哟！炎爷考得如何啊？"

炎褚裪摇头苦笑："别提了，砸了砸了，你们呢？"

苏子莫一听这话，顿觉心里打翻了一个蜜罐子，一股子得意劲儿油然而生："我考得也还不错啦。"

但是苏子莫不知道，所谓考神，有一大堪称倾世经典的谎言——"砸了砸了"。

炎褚裪何许人也？岂是苏子莫轻而易举就能扳倒的？！

夜色漆黑，供人们演绎着各色的梦境。

"祖母，您还有什么遗愿，赶紧说吧。"

"把炎褚翃那死老头喊来，别以为我就超不过他了，我和他……还没完啊！"

正说着梦话的苏子莫从梦中惊醒，一下子坐了起来。揉揉眼睛见时间还可以再睡会儿，复又蜷进被窝，闭着眼睛，脑子却格外的清醒——今天，是 U8 考试成绩公布的日子。

英语君，我为你付出了那么多，你可千万要对得起我啊！

于是，就有了这样一个下午，宁董年恼火地冲进教室，正一时找不到发火的地方，就碰见了乔熙九。

"哟？宁同志这是怎的了？"乔熙九饶有兴致地看着宁董年。她和宁董年对不上头已经很久了，所以看见宁董年生气，自然属她最高兴了。

"这位姑娘，哥是不是哪儿惹着你了？为什么哥高兴的时候看见你，就会不高兴；不高兴的时候看见你，就会更不高兴呢？"

宁董年皱着眉。他忍乔熙九这白痴也已经很久了。

乔熙九猛瞪这家伙一大眼，转身离去。

"有病。"宁董年冷冷地吐出两个字，朝苏子莫走了过去。

"哟，宁爷好啊！"苏子莫冲宁董年挥了挥手。

这次 U8 考试多亏宁董年帮忙复习，苏子莫提升不少。所以说不管是否超过了炎褚翃，她的内心还是感激不尽。

"苏爷，恭喜啊。"面对苏子莫，宁董年勉强挤出了一个略显牵强的笑容。

"嗯？何来'恭喜'一说？"苏子莫皱皱眉，不解地问。

"都和炎褚裪考并列了，还不恭喜你啊？"宁堇年苦闷地叹了口气，原本牵强的笑容也从脸上褪去了。

"啥？"苏子莫惊叫一声，紧接着迅速冷静下来，狠狠地在宁堇年的胳膊上拧了一下。

"啊——"宁堇年凄惨的尖叫瞬间炸开，在整个校园内回荡，要多真切就有多真切。

"啊？这次不是梦啊？"

"苏爷你这白痴，判断是不是梦是拧自己，不是拧别人！"宁堇年疼得捂着胳膊在原地单脚跳。

"啊啊啊，还是没超过啊！"苏子莫捂着脸，一副痛不欲生的样子。

"考得和炎褚裪一样，你还想怎样啊？"

"欸？对啊。"苏子莫忽然一弯眉眼，心里酝酿了一个主意。


教室门被推开，一个睡眼惺忪的家伙走了进来。

"哈哈，炎褚裪来了。"

苏子莫笑得前仰后合，以至于频频惹来前面班花穷凶极恶的白眼。

"炎褚裪啊，成绩下来了。"苏子莫双手撑着炎褚裪的课桌，饶有兴致地端详炎褚裪脸上的表情。

"哦，没事，我不会鄙视你的。"炎褚裪轻描淡写地应了一声，显然是理所当然地以为苏子莫考得比他低。

"要是我考得和你一样怎么办？"苏子莫低声问道。

"怎么办么？唔，那我……那我就任你处置好了。"炎褚裥两片薄唇一开一合之间完全没过大脑，冷不丁就把自己给出卖了。

"啊哈哈哈……"苏子莫豪放爽朗的笑声顿时充斥整个教室——炎褚裥啊炎褚裥，就料到你会这么说！

炎褚裥的瞌睡一下子就醒了一大半。望着面前笑得得意忘形的苏子莫，几段不那么美好的记忆瞬间涌进脑海——

因为从小就长得讨人喜欢，小的时候被老妈带出去，总有阿姨笑嘻嘻地逗他："我家丫头许配给你好不好啊？"

老妈总是一副唯恐天下不乱的架势，丝毫不顾炎褚裥惊恐的表情，笑着附和："好啊好啊！"

长大之后，仍有几个记性奇好还爱开玩笑的阿姨，在说完"哎呀你家炎褚裥好乖啊，成绩又好又不让人操心……"之后，把脸转向炎褚裥："你小时候你妈就把你许到我家做女婿啦！"

"呐，给我当一个星期的跟班怎么样？"

苏子莫说完，眨着一双掩饰不住迫不及待的眼睛，紧抿着唇。

这世上就是有那么一些事物，散发着无尽的诱惑，惹得苏子莫怀揣满腹疑问，诱惑着她向前一窥真相。

比如说，电影里人死了是不是就是真的死了？小说里男女主角最后会在一起吗？……

再比如说，炎褚裥究竟是个怎样的人呢？

## 第五卷 考神成了小跟班

　　一句"任你处置"，考神君成功将自己卖掉。于是乎，考神君的跟班生涯，就要开始了！炎褚翙枕着胳膊，整张脸因为熬夜赶作业而有点迷糊。应该说，"成为跟班"是他经历过的最匪夷所思的事情。紧排在后面的，是"频遭表白"。

"还在犹豫该如何当好一个跟班吗？《跟班守则·考神篇》！为您量身打造，您的不二选择！"

安小藤表情陶醉，手舞足蹈，炫耀着他和宁堇年不懈努力的成果。在这个过度张扬就会惹人白眼的校园里，他张牙舞爪的白痴行为无疑是在向所有人传达一个信息：我欠扁。

这离他上一次挨揍不过一个星期。那次他器宇轩昂地站在讲台上演讲，主题为"重男轻女是中华民族的传统美德"。

炎褚裪枕着胳膊，整张脸因为熬夜赶作业而有点迷糊。

应该说，"成为跟班"是他经历过的最匪夷所思的事情。紧排在后面的，是"频遭表白"。

小学二年级的时候，在放学路上被女生拦截。那几个平日以欺负幼儿园小朋友为乐的女生，竟然集体在他面前红了脸。

那时候年幼无知，在逼迫选择之下，绞尽脑汁憋出一句："你们打一架，谁赢了，我带谁走。"

此时，苏子莫正趴在桌上，进行着激烈的思想风暴：

就因为单纯地想接近，竟说出"给我当跟班吧"这种话！炎褚裪他肯定不会接受吧？会不会就因为这样讨厌我呢？等等，这样带有少女情结的问题，不是我一女汉子该想的吧！

想到这儿，苏子莫下意识地朝炎褚裪那儿望了一眼，就见安小藤夸张的动作与表情相结合，与炎褚裪形成鲜明的对比，一动一静，颇为好玩。

很多年后，当旁人笑谈"炎褚裪当初被无数女生追过"时，安小藤不甘示弱地反击：“那又如何？想当年，我被无数女生……揍过。”最后两个字微不可闻。

当然，那都是后话了。

“咳咳，话筒不太好用哈。”安小藤双手握着黑板擦，无比郑重地开场。

“就一黑板擦你想它多好用？”炎褚祤无可奈何地看着安小藤。有时他简直怀疑他俩不是一个星球的，不然为何思维会如此落差？

“现在，我郑重宣布，《跟班守则·考神篇》第一条：护送主子回家。”

放学时间，走廊上人来人往。

“欸？那不是炎褚祤吗？”

“炎褚祤？不就是那个考神吗？听说……”

走廊上，嘈杂的议论声不断充斥着两人的耳膜。沐浴在众多疑惑且羡慕嫉妒的目光中，苏子莫慵懒地伸了个懒腰，嘴角挂起了一丝不易察觉的笑。

临近傍晚的阳光越发柔和，连植物的枝叶都染上了一层温暖的绯色。

操场上的两人笼罩其中。苏子莫仔仔细细地打量着一旁为自己提书包的炎褚祤，轻咳了两声后，郑重开口：“今天收获蛮大啊。”

炎褚祤把目光从苏子莫的书包收回来，对准了苏子莫。就在刚才，苏子莫的书包在他眼里已然拆分成了一个个几何体，不由自主地想去计算数据。

残酷的事实终究还是说明了一个问题：祸从口出。

想他堂堂"考神君"，明明还未被超过，竟然就沦落为跟班！想起安小藤等男生嘿嘿的坏笑："考神，一言既出驷马难追哦"，炎褚裪不禁咽了咽口水。唉，信誉最重要。

而且，苏子莫不像是那种流口水、眼泛绿、随时准备扑过来的奇葩女，当跟班时起码的人身安全是可以保障的。

第一次有男生护送回家（虽然该男生是迫于无奈的），而且还是考神君这种档次的男生啊！

一种飘飘然的满足感顿时袭来，苏子莫在心底默默地想：感谢老班！感谢宁堇年！感谢出题老师！感谢……

"肥皂剧里那些豪门少爷专车接送的情节呢？"

苏子莫指着校门口的一辆单车，惊得眼珠子都快掉出来了。

"肥皂剧里还演夫妻吃烛光晚餐呢，你见过你爸妈吃烛光晚餐吗？"炎褚裪凑近苏子莫，头头是道地反问道，说得苏子莫竟是哑口无言。

"哟，这不是××牌新出的年度纪念款吗？看来'考神是富二代'的传闻是真的啊。"苏子莫转而赞叹。

原本正弯腰系鞋带的炎褚裪站起来，想都没想就用双手扶住苏子莫的肩膀，无比耐心道：

"妹子，爷现在郑重地告诉你，你此时脑子里'富二代一掷千金买下这单车'的画面全是假的。这是爷自己假期参加竞赛、投稿、打工各种途径攒钱才买到的。"

话音未落，却见苏子莫的表情已经羞涩古怪到极致："咳咳……考神，注意点儿形象。"

转头，已经有不少妹子表情各异地望着这边，炎褚裪仓皇撤开手，无比尴尬地把头转回来，说："抱歉，我只是……"

"只是什么？"苏子莫的大脑与此同时飞速运转，肥皂剧里怎么演的？对，男主角一脸羞涩地说："抱歉，我只是情不自禁。"

完了，要是考神旁敲侧击地表白，我 hold 住吗？

"只是下意识把你当男生了而已。"炎褚裪坦坦荡荡地说完这句话。苏子莫顿时羞愧不已：我怎么能把考神想成那种人？


苏子莫一下子跳上单车后座，炎褚裪不忘约法三章："你家住 ×× 路对吧？这一段路并不远，据我所知也不算陡……你知道我什么意思不？"

苏子莫睁着一双无辜的单眼皮眼睛，摇摇头。

炎褚裪把头扭到一边，表情千变万化，再次对准苏子莫时，脸颊被夕阳染上了一抹诡异的绯红，前所未有的青涩："总之，男女授受不亲，不准趁机动手动脚！"

"哦，肥皂剧里那种贴背搂腰的俗套情节是吧？放心！你求我搂你我都不搂。"苏子莫一撇嘴巴，一副"谁稀罕碰你啊"的不屑表情。


得到了苏子莫的保证，炎褚裪翻身上车，一蹬踏板，顿时背后传来苏子莫尖厉的惨叫："骑慢点啊！"

炎褚翃嘴角不由得勾起一抹莫名的笑，顺便放慢了速度。

"炎褚翃，其实什么'当跟班'是我随口说说的，你嫌麻烦的话以后就算了吧。"苏子莫试探地开了口。

"君子无戏言，既然说了任你处置，自然会遵守。若反悔了，以后我在学校还有信誉可言吗？"

炎褚翃边说边回了一下头，侧脸配上认真的神情，苏子莫的心就好似有一条金鱼忽地蹦出水面，荡起了一片波澜。

"呐，考神你平时有看韩剧吗？"

"韩剧？"

"嗯，比如说新拍的'××的你'之类的，考神有看吗？"苏子莫说完抿紧嘴唇，心想找话题什么的自个儿可是行家。

"嗯——我妈爱看，我倒是不怎么看。韩剧大概都是什么内容呢？"

炎褚翃这么一问，苏子莫就张口结舌——怎么说？大部分韩剧内容都围绕"欧巴，撒狼嘿哟（哥哥，我爱你）"的宗旨。这种话题跟乔熙九肯定能聊一晚上，但是跟炎褚翃……他会不会觉得她很浅薄呢？

"简单地概括，基本上都是'欧巴，撒狼嘿哟'。"苏子莫故意不翻译，无比深情地说出了一段韩语，心想考神君天天学习，怎么可能懂韩语啊？这样一来自己的形象也保住了。

炎褚翃却笑出声："这么直白？就没有不是爱情片的韩剧吗？"

苏子莫一听就傻眼了。炎褚翃听懂了啊，亏自己还深情款款，在他眼里很白痴吧？"有、有啊——考神你还懂韩语啊？是不是你妈看韩剧的时候你……"

"呃，我课余在补法语和韩语，而且刚才那句那么典型，怎么可能听不懂？"炎褚裥说着，正好单车拐弯，苏子莫只差从单车上掉下去——哈？还补韩语？考神君你敢不敢再厉害一点？

生怕再被吓到，苏子莫选择了沉默，同时明目张胆地打量起炎褚裥的背影。

原本只是在想，校服真是丑得可以啊，多少帅哥美女就被这一身校服给埋没了。然而，肥大的校服随风飘动，褶皱大致勾勒出炎褚裥的身型，苏子莫暗暗赞叹：身材不错啊，小子。身材也好，脸也好看，最可怕的是成绩也好……

苏子莫狠狠地敲了敲自己的脑袋，同时警告自己：苏子莫，你不是号称女汉子吗？不可以像刚才那群妹子一样被炎褚裥迷住啊。

"当心！"
炎褚裥猛地一捏刹车，正在分神的苏子莫由于惯性一头就撞向炎褚裥的脊背。

"嘶——"炎褚裥倒抽一口凉气，转过头痛斥："苏子莫！你……你是练过铁头功吗？！"

还没来得及还嘴，苏子莫就捂着发痛的头笑了出来："考神，看不出原来你还有幽默细胞啊！"

不忍斥责眼前这个傻笑的丫头，炎褚裥转过头："你看前面，怎么办？"

苏子莫一看，是平日走的那条长长的陡坡，平时深一脚浅一脚的也就过去了，但是单车的话……不好说。

"要是颠下去了，你能保证头着地吗？"炎褚裼思索良久，淡淡地问道。

"欸？为什么要头着地？"苏子莫摸不着头脑。

"你会铁头功啊。"

"不好笑！"


两人恢复了沉默。

此时此刻，貌似只有"贴背搂腰"这一种选择了，但两个人都没捅破这层窗户纸。

苏子莫看着炎褚裼脸上的纠结，不禁暗自好笑——看来传闻是真的啊，虽然被无数妹子明恋、暗恋着，但考神君其实是没有过任何"不良记录"的清纯少年。

"你骑，我在旁边跟着。"炎褚裼出了个十分绅士的主意。

苏子莫赶紧惊恐地摇头："别！我技术不好。这种陡坡，毫无疑问得摔个狗啃屎。"

炎褚裼阴沉的脸色可以杀人——难道只有那种选择了吗？！先不说自己是第一次载女生，而且从未被任何女生搂过啊！不行！坚决不行！


苏子莫看出了炎褚裼脸上的犹豫，不禁气恼道："好了好了！不难为考神你了！我走下去，你骑你的好了！"

说着，转身甩开大步子就向前迈。

炎褚裼赶紧拦住她："你一妹子走路过去，偏偏我骑车过去，被人知道了我岂不是丢全体爷们儿的脸？"

苏子莫一听更来气儿了："总不可能我们都走路推车下去吧？'有车不骑'这么白痴的事情坚决不能做！"

"难道我们两个就没可能都在车上吗？"

炎褚袽不假思索地问了出来。两个人均是把头转到一边，表情大同小异，一个画面在脑海里活灵活现：单车颠簸着驶过陡坡，女孩搂着男孩的腰，肩膀紧挨，少儿不宜啊！

若是两个乳臭未干的小屁孩这么做还好说，但偏生是两个处于敏感时期的少男少女。万一被谁看见了，脸丢尽，俩都没法活了。

"其实，也不是不可能……"

## 第六卷 神啊，原谅一个患有
## 脸盲症的考神吧

　　一分钟后，苏子莫出来时，扔下那一句惊天地泣鬼神的话："什么玩意儿啊？寡人顿觉不会再爱数学了！"这把一边儿等着看好戏的炎褚裯逗乐了。

　　后来，回到教室，炎褚裯才发现：啊，原来这个女生跟我同班啊。神啊，原谅一个患有脸盲症的考神吧。

"其实，也不是不可能。"

炎褚祤清清嗓子，打破了沉默。这样诡异的气氛弄得他浑身上下都不舒服，就好像……就好像真的心里有鬼似的。所谓"酒肉穿肠过，佛祖心中留"，又不是存心要贴背搂腰，不过是一种坐稳单车的途径，何必自寻烦恼？

苏子莫的心里也在打小算盘。这一带熟人那么多，万一哪个相熟的阿姨看见了转告给老妈……后果，不堪设想。

这时，衣料摩擦的声音让苏子莫回过神，欸？

任凭那之后，数载年华温柔流淌，苏子莫都始终清晰地记得——记得炎褚祤脱下那件校服外套，往她头上一罩，以及那平淡的低语："前面那么陡，搂就搂呗，这样旁人就看不见脸了。咱们自己心里没鬼就行。"

记得那时他俩停在原地，有几个手提白菜的大妈正好路过，毫不掩饰对他俩的注目，议论纷纷："现在的学生真不检点，看校服，和你家丫头是一个学校的，才念中学欸！"

"就是，孩子跟孩子的差距真是不可忽视。我昨儿听我家丫头说，他们学校有个叫炎褚祤的，成绩好得——哎哟——我跟你说哈……"

炎褚祤和苏子莫目送着大妈们远去，嘴角抽搐：阿姨，我们耳朵没聋。

"噗嗤——"苏子莫笑道，"没想到你这么出名啊！"

炎褚祤把校服披在苏子莫头上，他自己就穿了一件短袖 T 恤，本就是薄脸皮的孩子，被刚才几个大妈说"不检点"一下子更难为情了。

"你不用校服遮遮？"苏子莫询问道。

"不用了。"炎褚裼说着回头一看，有数个结伴回家的本校女生正朝这边走，大妈们认不出自己正常，但是本校女生认不出那个三寸照就贴在校门荣誉榜的校草就怪了。

"只怕是明天，'考神载女生回家'的爆炸新闻就要传遍学校的每一个角落了。"苏子莫语气似是为炎褚裼的一世清誉由衷惋惜，嘴角却挂着坏笑。

"是吗？"炎褚裼似笑非笑，一踩踏板。


兴许是那天日光倾城，轻风微凉，当一双胳膊隔着薄薄的衣料环上自己的腰时，炎褚裼波澜不惊的心，恰好荡起了阵阵涟漪。

苏子莫心里暗暗松了口气。其实没什么大不了的啊，与乔熙九、宁堇年勾肩搭背也不过如此嘛。

过了这坡，拐个弯儿，就到了苏子莫家所在的大院。这个时间段恰好是下班回家的高峰期，单车一停，惹来不少目光。

炎褚裼一看就知道不是这个院儿的孩子，至于坐在后座用校服遮头的苏子莫一看身型就是女生。尤其是搂在炎褚裼腰上的那一双手分外惹眼，大叔大婶儿们纷纷猜测着是谁家丫头这般不知羞。

"怎么办？"苏子莫恨不得挖个地洞直通家门。

炎褚裼无奈地挑了挑眉毛："我怎么知道？"

"校服明天还你。"不待炎褚裼回答，苏子莫已蒙着校服外套，落荒而逃。


炎褚裼回到家，爸爸正坐在客厅看报纸，听见大门打开，便把报纸微微下移："干什么去了？"

炎褚裪原想说"送一个同学回家"，一开口却鬼使神差地撒了谎："跟藤子他们打了会儿球。"

"哼。"爸爸随意地回应了一声，阅人无数的目光从炎褚裪身上回到了报纸，似是认可，又似是嘲讽。

炎褚裪有一种内心瞬间暴露在光天化日之下的感觉，仓皇上楼，就听爸爸又来了一句："你校服呢？"

"借给一个同学了。"炎褚裪心想自己要是再对老爸撒谎会疯掉的，嗫嚅着说了实话。

爸爸看了眼炎褚裪，暗自好笑："人家是忘穿校服了还是怎样？至于把你校服穿回家吗？"

炎褚裪的脸一阵红，想了一大堆理由都不成立，索性加快步伐，一心想着赶紧去浴室洗个澡清醒一下。

"站住。"爸爸有条不紊地抖了抖报纸，声音不大，却极具威严。

"爸，我想冲个澡。"炎褚裪深吸了一口气，说道。

"问你话呢，别乱岔话题。"爸爸淡淡地说道。

老妈闻声从厨房快步走出来，一看这情形赶紧打圆场："褚裪，你冲你的澡去。我说你，儿子又没犯什么事儿，你至于么？"


哗哗哗……

淋蓬头里热水悉数喷洒在白皙的皮肤上，阵阵上升的水蒸汽迷蒙了少年的视线。回想着今天各科的知识点，寻思着过会儿是做做奥数呢，还是试试阅读训练呢？

忽然想起今天的那一幕，炎褚裪蹙蹙眉，着重洗了一下似乎还带着苏子莫体温的腰。作为一个洁癖理科男，他根本无法理解文学作品中这种浪漫的俗套。倒是……今天，被苏子莫搂的时候，好像不是很反感，难道洁癖快没了？

应该说那个苏白痴第一次闯进他的视线，是在"战书事件"之前。当时一年一度的全国奥数大赛又开始了，学校筛选出一批同学，随后在校长办公室一对一面谈。

校长当场出了几道题，他淡定自若地解题。听见门外有窸窸窣窣的声音，他想起自己进办公室前，有好几个同学守在门外极度好奇地想进去看看，有个女生拜托他进的时候别把门关死，留条缝。而此时他有点后悔刚才照做了。

当校长那丝毫不加掩饰的欣赏的目光赤裸裸地投过来时，炎褚裥才回过神。走的时候，一拉门，有个贴在门外的家伙躲闪不及，一下拉到了地上，正是苏子莫。

苏子莫这家伙运气贼好，莫名其妙地超常发挥，成为了一对一面谈对象之一。

她站在校长办公室门口忐忑不安，就是没胆子进去，想看看别人进去是什么情况。

估计是同样被校长现场考了几道题，具体情况被挡在那扇门内，别人不得而知。但一分钟后，苏子莫出来时，扔下那一句惊天地泣鬼神的话："什么玩意儿啊？寡人顿觉不会再爱数学了！"

这把一边儿等着看好戏的炎褚裥逗乐了。

后来，回到教室，炎褚裥才发现：啊，原来这个女生跟我同班啊。

神啊，原谅一个患有脸盲症的考神吧。

思绪好乱。

炎褚祤深深地吸了一口气，皱着眉思索着：怎么回事？

"我怎么知道？"

苏子莫那句肺腑之言连同无辜的表情浮现脑海，炎褚祤的眉头渐渐舒展，丝毫未察觉自己嘴角那抹上扬的笑。

"现在，由我——'跟班计划'的总策划安小藤来正式宣布，《跟班守则·考神篇》第二条：帮主子打饭。"

"等等，这个'跟班计划'是我想出来的，怎么你成总策划了？"苏子莫不解地看着安小藤，质疑道。

"嘿嘿，总策划算什么啊？您是大导演。"安小藤嬉皮笑脸道。油嘴滑舌是他的天性。

别看有些学霸装得挺正经，一到去食堂打午饭时，就本性毕露了。

每次午饭铃一响，体育向来一百分的考神君当仁不让地第一个杀出教室，什么"女士优先"的风度早就甩到了九霄云外！

炎褚祤通常明目张胆地插队到小女生前面，单是那友好的鞅然而笑，就足以让不少女生的那句"烦死了，滚后面排队去"变得言不由衷。

考神一向知晓自己的优势，并善于利用优势。

炎褚祤一言不发地听着，脑子里飞速运转着：要是手里捧着两个饭盒，自己那招还管不管用？

说白了就是不好意思插队啊。你说你就捧一个饭盒，还会给小美眉以"哇校草单身，我有机会"的错觉，借此插队插得理直气壮。

要是手里捧俩，凭着大部分女生八卦吃醋的天性，自己恐怕得厚脸皮一点了。


"总策划打断一下，能不能改为'带主子去打饭'？"

苏子莫基本上每次都要排着长队打饭，对于该如何高效率打饭十分好奇。所以说，与其让炎褚裀帮自己打一星期的饭，不如跟他学学打饭技巧。

苏子莫举起手，话倒是客气像提议，口吻却是"你不听就死定了"的坚定。

"好好好！大导演您说了算，我说的算个屁。"安小藤神情恳切，就差没打自己一耳光以表诚心了。旁边的同学虽说见怪不怪，但还是一个个忍不住捂嘴笑了起来。

炎褚裀只差一头栽在桌上了。带着苏子莫去打饭？自己的脸往哪儿搁？

先不说还插得成队不，就只想想——那个秃了半边头的教导主任，天天戴着副镜片浑浊的老花镜，在食堂里神出鬼没，时刻准备着"棒打鸳鸯"，几十年的岁月都在为"禁止早恋"的光荣事业而奋斗。而长着一张"极具犯罪嫌疑"的脸的炎褚裀，自然成了老头子重点监督的对象。以往要么一个人、要么跟几个哥们儿一起打饭的炎褚裀，总是挑衅地对老头子挑挑眉毛，无声地宣战：你来啊，你来抓我啊，想抓跟我有早恋嫌疑的女生是吧？有本事把全校女生都抓起来啊。

但要是苏子莫往后跟自己一起去打饭……一股不寒而栗的感觉顿时席卷全身。

"还在为琐事纠缠的渣渣们都安静下来，听、听哥说！"宁堇年气喘吁吁地出现在教室门口，还没来得及多喘几口气，就急急忙忙地说道。

"什么事啊这么激动？"苏子莫叉着腰，上下打量着宁堇年。

"那个那个……"宁堇年含糊不清地说了一大段话，只有几个零碎的词句落进众人耳朵："汉字听写大会海选赛"，"老师说"，"炎褚裼必须"。

"汉字听写大会"？哦，就是那个中央台最近特火的节目。

几乎是同时，大家的目光落到了炎褚裼身上，虽然谁都没开口，但那意思十分明显：考神君，为校争光的时候到了！

这样热血沸腾、激动人心的时刻，炎褚裼却一扶额头：可是……

# 第七卷 汉字听写海选赛开战

　　"听写大会"海选赛事突临。上电视？先过了这一关再说吧。赛事激烈，各式学霸团队一争高下！面对这样光是听着都不寒而栗的现状，咱们会怕吗？

　　哼哼，咱们的团队也是有独门绝招的嘛——第一步，参加海选赛；第二步，面对考验重重，手指一扬，大喝一声：上吧，考神君！

"可是咱学校高手林立，就算老班极力推荐，去的那个也不一定是我吧？"

炎褚裯淡淡地说道，与此同时脑子里浮现出一个奇葩的身影——柯盏。

柯盏可以说是"翻版炎褚裯"，除了成绩略输一筹外，最大的区别就是这家伙是教导主任（那个把光阴都献给了伟大的"反早恋"事业的老头子）的严厉打击对象。

再说，你"把妹"也就算了，咱有点品位好吗？柯盏同学的择偶标准低得可怕：女的，活的，漂亮的。

因此，炎褚裯十分不屑跟他来往。


三个小时后，某语文办公室内。

早知道平时就该拿玩电脑的时间多看看电视的，炎褚裯懊恼地想。这样他就会明白每个学校派的不止一个人——而是六个人。

办公室里，除了炎褚裯之外，还有四个人，包括"一秒钟不说话就会死"的无聊少女苏子莫——她已然和其余三个人打成了一片。

也就是说，还少了一个人——柯盏。

"啊啊，渴死我了，要等到什么时候？我去买水，你们要喝点什么？"得到不同答复后，苏子莫认认真真地点点头，又说，"算了，反正我也记不住，干脆买六瓶汽水算了。"

刚跑出办公室门，就和某人撞了个满怀。要不是因为这是在办公室门口，撞到的是老师的概率高达百分之八十，苏子莫估计当场就要大骂："哪个不长眼的？！"

收敛了一身的杀气，揉着撞得生疼的脑袋，苏子莫看也不看来人的脸，就匆忙说道："老师抱歉！老师再见！"

"嘶——好痛！"就听一男生的哀嚎凄凄惨惨地在走廊上回荡，把已经跑出三米之外的苏子莫从头到脚吓出了一个激灵。在"好歹是我撞的，看看人家撞成什么样了吧"和"一男生还叫那么惨，管他的"之间踌躇了几秒，苏子莫良心作祟，毅然选择了前者。

回过头，原本都到嘴边的"你没事吧"瞬间就转变为："是你？！"

而柯盏，刚才不过是晃眼觉得撞到自己的女生长得轮廓还行，于是决定嚎一嗓子"痛"来吸引那女生回头，正盘算着"切，长得很一般嘛"时，就听女生一句："是你？"向来只对美女才有好脸色的柯盏皱皱眉："你谁啊？我泡过你吗？"

无辜的表情，又是那副置身事外的表情！滔天的怒气席卷而来，如果不是因为……苏子莫早就把他揍趴下了！

原本正在一旁假寐的炎褚祤，也朝这边看了过来。些许温热迷蒙了双眼，怕被柯盏这混蛋看到自己的眼泪，苏子莫仓皇转身，快步离去，同时在心底痛痛快快地问候了一番柯盏的祖宗十八代。

与此同时，柯盏茫然地呆站在原地，咕哝了一句："有病。"

乔熙九温柔的话语仿佛还在耳畔："有一条非常向往大海的金鱼。它每天都向鱼缸旁的调味料打听大海的事情。有一天，调皮的小孩把调味瓶里的盐都倒进了鱼缸里。金鱼想：这就是大海吗，好痛啊。"

苏子莫蹲坐在角落，一遍遍地抹着眼泪：熙九，就这样一个混蛋，凭什么值得你喜欢？

"你谁啊？我泡过你吗？"

奇怪，柯盏那家伙的话反反复复在脑海里徘徊，炎褚褐换个姿势继续假寐，却觉得心尖上有一只小虫在慢慢啃噬——想想苏子莫那反应，该不会真的……被柯盏泡过吧？

开往初赛场地的车上，苏子莫坐在靠窗边的座位，闭着眼睛有一下没一下地点着头打瞌睡。

柯盏不屑地瞥了一眼旁边的苏子莫，心里怨恨着带队老师为何要这般安排座位。

"阿嚏——"苏子莫突如其来一个气壮山河的喷嚏把柯盏吓得不轻。

"我去，这家伙究竟是不是女的啊？"边抱怨，边下意识地伸长胳膊关窗户。就在这时，汽车忽然减速，睡得昏昏沉沉的苏子莫本就极度需要依靠的脑袋，顺势就靠在了柯盏的手臂上。

"我去！你压根儿是故意装睡，趁机占我便宜，是吧？"柯盏大怒，狠狠地瞪着苏子莫，却见一张无辜的睡颜，嘴唇微张，有亮晶晶的液体顺着嘴角流下。

"脏死了。"柯盏用食指十分嫌弃地把苏子莫的脑袋从自己手臂上戳开。汽车一路颠簸，摇晃得众人昏昏欲睡。柯盏用手撑着脑袋，也隐约有了些许困意。忽觉肩膀一重，柯盏心里大叫不好。一睁眼，肩膀上已被苏子莫的口水沾湿了一片。

老天，我跟这个家伙八字多相克？！柯盏欲哭无泪，忽然想起苏子莫那句："是你？！"不禁细细开始端详苏子莫的脸——是有那么一点点熟悉。是谁呢？会是谁呢？

边想，边又伸出手把苏子莫的脑袋推到一边。

下车的时候，苏子莫用袖子胡乱抹着嘴角的口水，抬眼就对上炎褚裪笑意浓浓的眸，眉毛一皱："笑什么？"

"什么好笑我笑什么。"炎褚裪朗声回答。

恰逢柯盏走过来，肩头一片湿润。苏子莫极其尴尬地把头扭到一边，碎碎念道："不是我弄的，不是我弄的……"

一抬眼，炎褚裪那家伙脸上还挂着该死的笑，不由痛斥："有什么好笑？别笑了！"

"别笑了？"

这还是头一回有人如此严肃地命令考神君。一个坏主意在脑海里破壳而出，炎褚裪忽然无比专注道："苏子莫，你把头抬起来，看着我。"

"嗯？"苏子莫还是把头扭到一边，胡乱应道。

"我有话跟你说，看着我。"

"到底要说什么啊，这么严肃？"苏子莫这才把脸对准炎褚裪，就见考神君俊朗的脸上挂着一本正经的神情，薄唇轻启："把耳朵凑过来点儿，再过来点儿。"

"少卖关子，快说！"天生一肚子好奇心的苏子莫赶紧把耳朵凑上去，然后就听到了这辈子考神君说过的最让她难忘的三个字："哈，哈，哈。"


初赛的最终目的是战胜本区其他学校，代表区去战胜其他区的学校，以此推类……

当能代表本省去参加竞争的时候，也就是老爸老妈打开电视能惊呼"啊，那不是咱家宝贝嘛"的时候了。

"加油啊，赢了初赛，老师带你们去吃披萨。"带队老师搓着手，激动地说着。

众人高呼："耶！"

手机响了，老师接完电话一下子更激动了，说："披萨都不配咱吃了。校长说，赢了初赛，她请我们去吃本市最豪华的自助餐！"

"耶！"众人情绪高涨，欢呼声更响亮了。


初赛的规则和最后电视上播的决赛有所不同。

每一轮比赛，各团队分别派一个人同时上场，隔着一段相当的距离写同一个词。写错的就下场，写正确的就坐回备战席。一轮一轮地比下去，直到备战席上只剩下同一个团队的学生为止。

备战席上，每个人都戴着象征出场顺序的号码牌。苏子莫是2号，柯盏3号。两人坐一块儿，咋看对方都不顺眼。

炎褚祤毫无疑问是1号，杀了个漂亮的前锋，大大方方地走回备战席。


同时，就听主持人低沉的声音："接下来，请各队2号选手上台，3号选手准备。"

带队老师忙不迭说道："苏子莫，快！"

苏子莫脑子里一片空白，奋力一站，却懊恼地发现自己腿软了。闭上眼，再次尝试，却连站都没能站起来。

空气紧张得仿佛凝结在了一起，苏子莫越紧张，却发现腿越软。

一旁的柯盏急得额头上冒了一层细密的汗珠，心想管不了那么多了，大敌当前，内部矛盾算个屁！当即不计前嫌地握住苏子莫冰凉至极的手，脸撇到一边，昏暗的灯光遮住了彼此的神色。

苏子莫一怔，却没能挣脱开柯盏的手。想想也算了，他也是好意。大敌当前，以后再算账。

于是乎，炎褚祠刚走回备战席，进入眼帘的就是这样一幕，眉毛不由一抖——柯盏这疯子，是打算泡苏子莫吗？


"再试试。"柯盏低声道。

苏子莫点点头。因为手中的温暖，腿这才不那么软，站了起来。众人都松了一口气。两人仓皇松开手，柯盏却还是极不放心地送苏子莫走向舞台。

离满是镁光灯的舞台只有一步了！两人不约而同地停了下来。

"紧张吗？"柯盏深知紧张的结果通常就会导致发挥失常。苏子莫咬着唇，狠狠地点头。柯盏哭笑不得。通常这种情况不都该是自信满满地说"不紧张"才对吗？

眼见着各团队的2号选手都已就位，主持人催促道："北淮中学2号选手请快速就位！"

苏子莫猛咽一大口口水，微微发抖着向前走了两步，回过头看看离她最近的柯盏。四目相对，柯盏下意识地露出了一个鼓励的微笑，却被苏子莫不由分说地一把拥住！

备战席的众人都惊得目瞪口呆，带队老师更是瞪大了眼睛——他是因为看出这俩关系不和，所以才特意在车上将其安排坐在一块儿的。并肩作战的团队就该关系融洽，不是吗？但……但这效果也太显著了吧。

"你……"柯盏两手僵硬地悬在空中，话没说完，苏子莫已毅然走远。怀中，似乎还残留着些许温度。柯盏不禁红着脸小声咕哝："还真是个……神经病呢。"

"报告老师，北淮中学 2 号选手已就位。"

"各位选手准备好了吗？"

"准备好了。"齐齐的回答声。

"请听题——"

此时，其余的选手都屏住呼吸，专心致志地盯着面前的手写板。只有苏子莫，回头，却见柯盏还站在原地，担忧地望着她。嘴角不由得勾起了一抹笑，明明是让柯盏安心，却又偏带着一分遮掩不住的轻狂。

眼前女孩的笑颜渐渐与记忆中的某个身影重合——是她？是她！柯盏想起来了。

## 第八卷 不是冤家不聚头

"不是嫌弃哈根达斯，是嫌弃你。""嫌弃我什么？"苏子莫愣在原地，莫名其妙。"嫌弃一个人需要理由吗？"苏子莫垂头伫立三秒，抬起头来，对着带队老师乖巧地问："老师，我可以揍他吗？"

该从哪儿说起柯盏和苏子莫由来已久的矛盾呢？

说来都怪那年军训，在家里养尊处优得基本上自理能力为负数的乔熙九，正在水池边满头大汗地搓洗着袜子，可搓了半天那袜子除了皱了不少以外还是脏得可耻。

就像所有俗套言情一样，柯盏同学就在此时翩然登场，手里同样捧着待洗的衣物，还有一瓶新崭崭的洗洁精，好心问道："要来点么？"

十分钟后乔熙九羞答答地把这段经历讲给了苏子莫听，话语间满是少女的羞涩迷茫："你说，是不是所有言情的开头，男女主角都是这样相识的呢？"

苏子莫挠了挠后脑勺，不解地眨了眨眼睛说："为什么我听着总觉得这情节像洗洁精广告呢？"


后来经过多方打听，苏子莫得到了一个坏消息——乔熙九喜欢上的，是号称"北淮第一负心男"的柯盏同学。

苏子莫算是清楚了，乔熙九还迷糊的，怎么办？

简单啊，让她走近些看清楚不就得了。

总之，为了坠入爱河、无可救药还畏畏缩缩的乔熙九，苏子莫默默地想了个主意。


文艺晚会的那夜，一群妹子提着舞裙、迈着优雅的小碎步刚走下舞台，苏子莫就一身校服风风火火地上了台。接下来，就发生了让柯盏这辈子最匪夷所思的事情——

"……十个男人七个傻八个呆九个坏……"苏子莫唱到这，捧着话筒转向了柯盏。柯盏一惊，无辜至极地与苏子莫对视着。

苏子莫在众目睽睽之下，指着柯盏大声唱："还有一个人人爱！姐妹们，跳出来，就算甜言蜜语把他哄过来……"

柯盏已记不清收到过多少次女生的火辣表白，所以当时并没有多震惊，正考虑着：这女生长得很一般啊，我在哪儿见过吗？要不要约约呢？

苏子莫已经把脸对准了乔熙九，都懒得多看柯盏一眼。

曲毕，柯盏还没走出"她好像没在跟我表白"的震惊。苏子莫自然知道柯盏在想什么，冲他轻狂一笑。明明都被划进了"可以约约的对象"范围里，这突发变故，就像煮熟的鸭子扑棱着翅膀飞了一般。飞走也就算了，临走的时候还回头嘿嘿一笑：你这白痴。

多半是潜意识里认为得不到的才是最好的，柯盏当时顿觉所有"到嘴边的鸭子"的笑容都黯然失色，就觉得这只"鸭子"不屑的笑靥那么特别、那么……刻骨铭心。

苏子莫的意思很直白：哄过来，看清楚，自然就觉悟了。哪里料得到，乔熙九同学是越陷越深啊。

看上去有点儿笨，皮肤很白，一双杏眼不算大，却亮晶晶的好似能滴出水来，整张脸并不出众，却的确可爱。

这是乔熙九表白时，柯盏对她的全部印象。其实在水池边乔熙九洗袜子的时候，柯盏就觉得这女生着实有趣，不过仅仅只是"觉得有趣"，离"怦然心动"还差了十万八千里。不过，对于把恋爱当游戏的柯盏来说，本就只是玩儿玩儿，有趣就够了。

"好吧，那就交往试试看吧。"这是那个盛夏的午后，少年亲口说出的话。舒朗的枝叶拆碎了阳光，把碎片洒在乔熙九的肩头。

乔熙九不断用手冰着发烫的脸，觉得此刻自己的心就像是一份香草冰激淋，浇上一层糖霜，香甜得让人晕眩。

苏子莫在一旁直摇头，原本都到嘴边的"熙九你是不是太冲动了"哽在胸口，几天都咽不下去。

在食堂打午饭，乔熙九为了多打一份柯盏爱吃的红烧茄子，忙得满头大汗。柯盏心安理得地一口口吃完茄子，像个孩子般对乔熙九任性一笑："还想吃。"

乔熙九自己则连饭都来不及吃上一口，就又站起身。苏子莫按住她的手，冷冷地看着柯盏，说："你吃饭，茄子我来帮他打。"

天知道乔熙九哪来的好脾气，反正当苏子莫护着一盘茄子挤出抢菜的人群时，她是满肚子的火正蓄势待发。

乔熙九边吃饭边看着柯盏笑，苏子莫一掌拍在桌上："吃饱了没？"

乔熙九老老实实地点头："饱了，你也赶紧吃啊。"

"你先回宿舍。"苏子莫抱着胳膊，面无表情地看着柯盏，手指着乔熙九。乔熙九一走，苏子莫瞬间就卸除了所有的忍耐，一掌劈头盖脸地拍在桌上，震得柯盏的饭盒直晃晃：

"敢负她的话，你试一下。"

好个霸道的家伙！

柯盏偷偷地在心里给苏子莫贴了张标签，用筷子夹了块茄子端详半天，勾起嘴角势在必得地一笑：狂得很是吧？不把我放眼里是吧？迟早泡到你。

扬扬得意地把茄子送到嘴边，冷不丁筷子一松，茄子毫不留情地弃柯盏而去，义无反顾地掉到了地上。

"不是吧？这什么破兆头？呸，不过是重力而已，要相信科学。"

后来，苏子莫和乔熙九终还是亲眼撞见柯盏跟某学妹光天化日之下打情骂俏，苏子莫拉着正欲掉眼泪的乔熙九就走，恨恨地说："贱人若此，留他何用？！"

八个字，如雷声滚滚撞进柯盏的心，眼前学妹娇羞的脸也不再有趣，盛夏的风凉飕飕地包裹全身。

这是什么感觉呢？柯盏失神地问自己。不知道，怎么办？

结束回忆，继续把镜头转向此时紧张的比赛。

"请听题：má bì，是指机体的细胞、组织和器官的机能衰退，对刺激不发生反应的状态。"

主持人低沉的嗓音仿佛念着一道催命符，吓得苏子莫嘴角一抽，心里有几个声音在讨论——"中国话里有这词儿吗？"

"没有啊，没有啊。"

"不会写，就算了吧。"

备战席上，柯盏松了一口气："还好，不算难。"

炎褚袆的神经紧绷着，问带队老师说："老师，如果说一个团队不满 6 个人，其他团队还有 6 个人怎么办？"

"基本上几轮比赛过去后，大部分团队或多或少都会有人被淘汰。到时候，每个团队剩下的队员按顺序一个个上就 OK 了，比如说 1、3、

6 号被淘汰，那 2、4、5 号轮着上，依此推类。"

"倒计时开始！"

"答题结束！"


大屏幕上，属于苏子莫这一团队的田字格，赫然一片空白！

柯盏一下子站了起来，完全不敢相信自己的眼，空气仿佛凝固了一般。苏子莫能感到许多鄙夷的目光针似的扎在身上。

"……北淮中学 2 号选手，书写错误，淘汰！现在，中场休息五分钟！"

苏子莫抿紧嘴唇，站起身，表情凝重地向备战席走去，胸前的号码牌已经由于淘汰而被没收了。


"柯盏，下一个就你了，切记认真对待！"

废话，赤裸裸的废话啊！一旁被无视的炎褚祤默默批判道。

柯盏一手撑着下巴，面不改色，道："我认真对待有什么好处？"

一旁的炎褚祤继续默默抨击道：废话啊，更废话！

"你认真对待的话，校长就会请我们去吃自助餐。"苏子莫说道。

炎褚祤在一旁冷笑得都快岔气了：果然是笨蛋啊，连逻辑都这么简单。

"但现在跟我说'认真对待'的人是你，不是校长。"柯盏翻了翻眼皮，轻描淡写的话语间似乎十分不屑。

苏子莫嘴角抽搐，原本只是怀揣着对团队的歉意想鼓励柯盏，没想到这家伙竟还不依不饶了。胡乱挠了挠后脑勺，绞尽一番脑汁后说："如果咱赢了比赛，我请你去吃哈根达斯。"

"嫌弃。"柯盏头一扭，面对苏子莫最爱吃也是最舍不得吃的哈根达斯，竟是一副不屑一顾、无动于衷的模样！

天，哈根达斯多贵，柯盏同学你知道吗？就算人尽皆知学校里大把的女生排着队要请你吃东西，也不能这么跩啊！

苏子莫倒抽一口凉气。身为中学生，她每月也才一百来块钱的零花钱。两个人去吃哈根达斯的话，要想吃得尽兴，没有一张红色毛爷爷想都别想进那个门。也就是说，苏子莫这个极品吃货要忍住不吃零食、紧巴巴地过一个月，才能请柯盏去吃一次哈根达斯。

"哈根达斯你都嫌弃？柯盏，这个星球不适合你生存了。"苏子莫连连摇头，发自肺腑地感叹道，就只差再补一句："我有个朋友在火星，要不你去那边生活去？"

哪知柯盏却是坏坏一笑："不是嫌弃哈根达斯，是嫌弃你。"

"嫌弃我什么？"苏子莫愣在原地，莫名其妙。

"嫌弃一个人需要理由吗？"

苏子莫垂头伫立三秒，抬起头来，对着带队老师乖巧地问："老师，我可以揍他吗？"

带队老师一耸肩，做了个"请便"的手势，不忘补充一句："悠着点，别打傻了。"

"老师，我还未满18岁，你要对我的人身安全负责的啊！"

柯盏活像兔子附身，一跃三丈高，一看带队老师那副看好戏的架势，顿知指望不上。

"苏子莫，我警告你我会还手的啊！嗷——嘶，你轻点行不？我真的会还……嗷！"

"拽啊，你继续拽啊。还！来来来，你还！"苏子莫一叉腰，狠狠地瞪着面前用胳膊护脸的柯盏，大有巾帼不让须眉之势。

柯盏可怜巴巴地挪开手臂，看着苏子莫，心想这女生真是比奥数还让人头疼的存在，结结巴巴道："那我真还手了啊？"

"还啊，你！"

苏子莫一跺脚，上前一大步，鼻子都快触到柯盏脸上了。

望着面前这张距离不足十五厘米、气焰极其嚣张的脸，柯盏气急败坏。怎么办，自己显然一直在吃亏啊！

不愧为花花公子，动动脑筋便有了主意，他熟练地调整出一个意乱情迷的表情，一张俊脸朝着苏子莫就缓缓压了过去。

两人鼻尖越靠越近，温热的气息几乎都快吐到了苏子莫脸上……

"那，我还了啊。"

## 第九卷 考神也先乱了阵脚

"切，我可是北淮堂堂的考神君啊。"台上，少年微微偏着脑袋，眼神里溢出几分狡黠，粲然一笑露出了几颗白白的牙。

对上炎褚祠的视线，苏子莫以一个信心满满、杀气腾腾的表情点点头：考神君，上，杀他个人仰马翻！

说来苏子莫不得不承认，柯盏生了一副好相貌——

标致的桃花眼，有一种似笑非笑、专注深情的意味；浓密的剑眉，与桃花眼相搭配，一柔一刚，动人至深。

苏子莫偷偷地冒出个连她自己都鄙视的想法：纵然潘安在世，兴许也不过如此吧？

不过此时此刻，苏子莫真没闲心欣赏这张帅气的脸。

等，等一下！这，这是要做什么？

纵然苏子莫再白痴，她也知道一个男生（尤其是柯盏这种花花公子）莫名其妙地把脸凑这么近接下来会发生什么。

果真是狗改不了吃屎啊！一簇明艳的怒火在苏子莫的眼底绽开，只可惜柯盏完全没放在眼里，不然说不定他就能躲开接下来的那一击了——

一本不知是谁放在桌上的《现代汉语词典》，被苏子莫随手抄起就痛痛快快地拍在了柯盏迷倒万千少女的脸上。

于是乎，浪漫言情剧就在一秒钟之内被一本足有 1835 页厚的《现代汉语词典》给"拍"成了暴力惊悚片。

"嘭"的一声，光是听着都觉着脸疼。一旁的带队老师也从"唉！要是那会儿我也有这胆量就不会错过"的感慨，转为了"嘶！幸好我当年没这胆量"的庆幸。

毫无疑问，血溅当场！

最淡定的要属考神君，不动声色地将那本《现代汉语词典》收回了包中。

"中场休息结束，请各队 3 号选手上台，4 号选手准备。"

就在这时，主持人那要人命的声音偏偏响起。

糟糕，怎么这么巧？

苏子莫一下子急了。万一真把柯盏拍傻了怎么办？

"柯盏，你没事吧？啊，流鼻血了。快快快，手让开，仰头
仰头……"

苏子莫手忙脚乱。柯盏被拍得晕晕乎乎，就见眼前晃啊晃的足有
三个苏子莫，拍了拍中间那个的肩，说："没、没事，不用管我。"

此时此刻，柯盏简直要被自己的伟大与无私感动得涕泪齐下了。
因为比赛当临、鲜血直流的时刻，他唯一的念头就是给地球上的全体
男性来一条忠告：永远不要跟女汉子玩浪漫，咱伤不起。


柯盏上场的时候，那副满脸是血的惨况把旁边一女生吓得不轻：
"同、同学你没事吧？"

几个学校的带队老师表面上聊天聊得其乐融融，眼神来往间已经
厮杀成一片，满脸是血的柯盏自然成了新的谈资。

苏子莫这队的带队老师则是闷闷不乐地坐在一旁，哀怨地抽着烟：
这次的对手，貌似有个别很强啊。


经过几个小时的厮杀，备战席上的空位置渐渐多了起来，炎褚翖
有些不耐烦地伸了个懒腰。

"你倒是不紧张啊。"柯盏眯缝着眼睛说道。

"还是召来了虎视眈眈呢。"炎褚翖淡淡地说道，似是埋怨，言

语间却满是掩饰不住的笑意。

柯盏闻言一惊，转头，就见备战席上的其余学生都紧张地盯着舞台。只有一个家伙，好似胜券在握一般，似笑非笑地看着这边，和柯盏的目光正好对上。

好强的气场！柯盏仓皇撤开了目光，呼吸不由得重了几分：此人绝非善类。

"啊，对了……"两人异口同声地开口。僵持几秒后，柯盏率先投降："你先说。"

"你想泡苏子莫？"炎褚祤右手食指轻轻摩挲着下巴，眼里是让人看不透的平静。

柯盏想从炎褚祤的神色中打捞出一丝信息，却一无所获。但一般问这种话的，十有八九是对苏子莫有意思，不由"嘿嘿"一笑，懒懒道："考神不乐意？"

炎褚祤手指一停，闭上眼露出了一个无可奈何的笑容，把脸对准柯盏的时候，笑容已然灿烂得足以刺痛人的眼："想泡就去啊。"

柯盏明显感到炎褚祤说这话时，目光有意识地落在自己鼻翼上，顺手一抹，果然有残留的血。

"你可别后悔。"柯盏冷哼道。

"你刚才想说什么？"

柯盏眉毛一颤，现在才想起问这个问题么？无奈地摇头道："想说那家伙很强，你心里到底有底没？"

谈笑间，北淮中学的又一员猛将下场。

主持人轻咳两声，道："请各队派一名选手上台。"

柯盏叹了口气，他知道自己该下台了。就刚刚那轮比赛的难度来看，他已然很难招架。起身时，却被一只手按住了肩膀："这轮我上。"

"下一轮呢？"

"我上，估计再不出三轮就要分出胜负了。"

"为什么？"

"战略。"

柯盏眉毛一扬，不愧是考神！眼下这情形，北淮中学只剩自己和考神两人尚在奋战。对于不少只剩下一人尚在垂死挣扎的团队来说，北淮中学这边备战席上多坐一个人，都会给对手施加不小的心理压力。在这场战略中，讲得好听点，自己扮演着一个给对手施加心理压力的角色；讲难听点，自己就是坐在这儿充数的。

带队老师蹙紧了眉头，并没有出声。

倒是一盘看似志在必得的好棋，但炎褚祤这一子若是出了半分差错，必然会满盘皆输！

柯盏看了一眼刚才那个"绝非善类"，那家伙的团队也只剩下包括他在内的两个人。

此时他也坐在备战席上，意味深长地笑着与柯盏对视，似乎早已看穿了柯盏和炎褚祤的小把戏。

柯盏这下挺起腰杆，气势汹汹地和"绝非善类"对视起来，一副死猪不怕开水烫的架势：老子就是来充数的，你不爽？！

"请听题——"主持人一开口就将所有人的目光牢牢地锁在了舞台上。

其实柯盏是个无神论者。他一向觉得命运是把握在自己手中的，并且曾经完全无法理解老一辈人根深蒂固的迷信。是的，他现在理解了，信仰可以在这样的时刻给予人们内心充分的安慰。于是乎，他双手合十，从土地公公祈祷到圣母玛利亚，碎碎念道："保佑保佑！热烈保佑！"


"jī fěn，指细粉、粉末、碎屑。"

整个原本安静的赛场都骚动起来。这个不少人闻所未闻的词语，显然预示着赛事将要加快淘汰的进度。

炎褚裪明显松了口气。不过他这一举动在大部分人看来是自暴自弃。

苏子莫紧张地抿紧嘴唇，转目一扫，竟然正好对上了柯盏同样紧张的目光。

苏子莫极其厌恶地转开脸，正好瞧见备战席上的那位"绝非善类"。苏子莫对人的判断远不如炎褚裪和柯盏那么敏锐，但此时，她也在心底暗暗惊叹：此人实力相当。


"答题结束！"伴随着主持人的一声令下，大屏幕上显示出各位选手的答题结果。大片的空白让不少人都抽了口气，而属于北淮中学的那片区域——是炎褚裪清秀的小楷：齑粉。

北淮中学的人都猛地松了口气。当评委正式宣布"北淮中学，书写正确"时，观众席上北淮中学的学生集体爆发出激动的欢呼声。场面沸腾，倒是炎褚裪依旧从容不迫、宠辱不惊，淡定得有点煞风景。于是乎此时备战席上，"绝非善类"的队友下了场，仅剩的三个人中两个都是北淮的。

"呼！赢定了。"柯盏兴奋得跳起来。

"不一定。"炎褚裀蹙紧了眉头，说："下一场，我和'绝非善类'上场。他写不出来那就是最好，那样不管我情况如何，因为你还坐在备战席上，那么咱们北淮胜。但绝对不能排除一种情况。"

柯盏顿觉心一抖，喃喃说道："对，还有一种情况。"

那种情况就是：炎褚裀下场，"绝非善类"留下，继续和柯盏进行下一轮比赛；那样，北淮赢的概率……不堪设想。

"请各队派一名选手上台。"主持人边说边细细打量着剩下的三名选手，揣摩着谁会是最后的赢家。

"听天由命吧。"炎褚裀依旧是淡定自若，走了两步却停了下来，回头："若这场我下了，你看着办。"

柯盏嘴角抽搐：不愧是考神，好一个"你看着办"。

总是称呼别人为"绝非善类"是不礼貌的行为，正式介绍一下炎褚裀此时此刻的对手——穆允。

"你就是号称北淮第一考神的炎褚裀？"穆允脸上洋溢着灿烂的微笑，但这微笑总是透着莫名的阴冷，仿佛要将人活活生吞。

"咱俩认识？"炎褚裀下意识地挠了挠后脑勺，反复端详面前这张越看越不爽的脸，有生以来第一次对自己的记忆力产生了质疑。

"考神自然不会认识我，但我可是久仰你大名了。"穆允笑着上下打量炎褚裀。那眼神，就像一只残忍嗜血的猛兽，在饶有兴致地欣赏自己垂死挣扎的猎物，让人不寒而栗。

"哦。"炎褚裀淡淡道，走向了放着"北淮中学"标牌的座位。

"砰"的一声闷响，炎褚祤的膝盖冷不丁重重地撞到了桌腿，就仿佛一柄利刃，将考神君胸有成竹的形象撕了个粉碎。

"哼！"穆允悠然哼笑，志在必得。


北淮中学的众人都明显感到了考神君的不对劲，不好的预感在空气中散播。

苏子莫咬紧牙关，紧握着双手，手背上浮现出若隐若现的一条青筋。考神这次似乎已然先乱了阵脚。难道，北淮考神君的神话要被打破了？

不可能。炎褚祤之所以被大家称为考神，不仅仅是因为他缔造了一个又一个的优异传奇，更重要的是，这家伙每当到了抉择全盘的紧要关头时，总能自如地调整自己的状态："切，我可是北淮堂堂的考神君啊。"

台上，少年微微偏着脑袋，眼神里溢出几分狡黠，粲然一笑露出了几颗白白的牙。


而此时的柯盏，放在膝盖上的双手抑制不住地颤抖，目不转睛地盯着台上，后背上的冷汗打湿了 T 恤，简直能听见自己牙关发颤的声音。

他知道为什么刚才炎褚祤会莫名其妙、慌里慌张地撞着膝盖了。完了，竟然……是穆允！

终于想起来了。

糟了，为什么偏偏是那家伙？！

苏子莫紧紧盯着炎褚祤，心里默念：看过来，看过来！

炎褚祤尽力保持平稳的深呼吸，紧盯着面前手写板的双眼难免酸乏，本着放松双眼的目的，一抬眼便看见观众席上苏子莫那家伙一脸白痴兮兮的急切表情。

许是因为“嗤”的一声笑，呼吸便乱了半拍。

对上炎褚祤的视线，苏子莫以一个信心满满、杀气腾腾的表情点点头：考神君，上，杀他个人仰马翻！

# 第十卷 恰学霸少年时

　　不胜枚举的学霸一一惨遭淘汰，海选赛进入如火如荼的生死决战。考神君风光无限地坐在台上，心里一定在偷偷乐吧？湛蓝无际的天空下，斑驳陆离的榕树轻轻摇曳，低吟着一段少年的心事浅淡……

"小祤，不可以让别人超过你哦。"

记忆中，女子清丽模糊的面容笑意犹存，温柔地抚弄他柔软的额发。

嗯！记忆中，他会意地点点头。于是乎，那个在别人手里东滚西跑、狼狈不堪的小皮球，愣是被他拍得虎虎生风。

稍大一点，母亲送他去学珠心算。其实他一点都不喜欢那个木制的算盘——又硬又板，掉到地上弹都弹不起来。

珠心算学习班的门口，他摆弄着自己的衣角，鼓起勇气抬起脸，乌溜溜的眼睛湿润润的，奶声奶气地开了口："妈妈，我不想学珠心算。"

女子温柔一笑，拍拍他肉嘟嘟的脸蛋："懂事的孩子，妈妈才喜欢。"

打那时起，他就在潜意识里觉得：懂事，就是一声不吭地去做自己不喜欢的事情。

但懂事的后果，就是他不能捧着遥控器看动画片里各种角色漫天飞舞了。

怀着一种"有舍才有得"的自我安慰心态，炎褚祤深吸一口气，胖乎乎的脸上写满了严肃，走进了那间不时传来小朋友哭喊声的教室。

那是一段他们俩都忘了个一干二净的久远尘事。

噼里啪啦！

老师一串熟练的拨弄，看得苏子莫眼花缭乱。

小的时候女孩大多相信脑袋上别着越多的发卡就越漂亮，于是炎褚栩一进教室就看见一个满脑袋发卡、好似七拼八凑版机器侠的丫头坐在那儿，面对老师焦躁的示范，泫然欲泣。

别发卡的人类是一种不可理喻且可怕至极的生物。那丫头竟转头看向他，抽噎了两下，一张嘴，"哇"一声，就歇斯底里地哭了出来……然后，这个观念就根深蒂固地驻扎进炎褚栩幼小的内心。

原本争强好胜的苏子莫，就这样惨遭了人生中的第一个滑铁卢——她不仅不会珠心算，还要面对老师焦头烂额的不耐烦，以及旁边小朋友幸灾乐祸的窃喜。

于是只上一节课，她就发誓再也不上了。

妈妈无奈地听着女儿一番抱怨与不满，十分有远见地发出了一声哀叹："乖乖，你将来的数学怎么办？"

好吧，苏子莫与数学交手的第一回合，苏子莫完败！

炎褚栩一进入小学，安排得满满当当的补习班便从天而降。尤其是周末，早上七点钟便被妈妈从床上揪起来，一直补到晚上七点，顶着刚被灌输的满脑袋公式郁闷地回家。

而苏子莫同学，在大致了解了老爸老妈当年的数学成绩后，纠结地思索了一番，说："妈，我想去补习奥数。"

所谓天道酬勤，在苏子莫的不懈努力下，她终于靠她这颗"文科脑袋"，勉强进入了全是学霸的奥数 A 班。

他依稀记得，小学时代每周六的最后一节补课，是奥数，五点补到七点。

他还记得，那天因为旷了一堂课而被留下来补考。空荡荡的教室里，被留下来补考的，还有另外一个女孩。

窗外，天色渐晚，灯火阑珊。

两人的座位恰好在教室的两端。他看了看女孩的后脑勺，总觉得有一种难以言表、似曾相识的熟悉感。

安静的教室里，只剩下他转笔时一失手笔掉在桌上的声音，还有她轻声哼唱的软语："你好陌生人，会不会奇怪；如果有一天，我们亲密到无猜……"

并不甜美的声音，仅是因为这静谧的夜晚，而染上了一份让他心安的恬淡。

交卷的时候，经过她的桌畔，特意回头看了一眼。没看清女孩的五官，却看见她正专心致志地往卷子上涂鸦。简陋的线条，勾勒出的笑脸却分外灿烂。

真是奇怪，当他开始有意留心时，却再也没能遇见那个在卷子上涂鸦的女孩。

至今苏子莫都觉得当初没继续学奥数是个遗憾，无奈曾经那三番五次的补考、满卷子看不懂的题目，还是毫不留情地把她赶到了奥数的门外。

于是自那之后周六的时间便空了出来，可以同宁堇年一道去篮球场上打发时光。凭借超凡的球技，当炎褚翊运筹帷幄解代数时，苏子莫正笑傲球场唯求败。

时值豆蔻，时常可以看见同龄的少女们着一身棉布白裙，目光纯澈，笑容腼腆，也难怪常有人称赞道："好漂亮。"

与此同时，苏子莫已经集齐了满满一打帅哥们的夸奖："姑娘你真粗犷！"而她丝毫没有一点"我是不是太不淑女"的懊恼反思，反倒是引以为傲，笑得一口白牙晃啊晃。

忘不了那数不清的周末，苏子莫揽着个篮球，和宁堇年晃晃悠悠地走在夕阳渐晚的路上。橘子汽水在冰凉的玻璃瓶里翻滚着大大小小的气泡，香脆的薯片在唇齿间发出清脆悦耳的响声。

那时候，时光属于那一条条七拐八弯的小路，属于那百吃不厌的廉价零食，属于那巷口不时爆发出的大笑："石头、剪刀、布——我赢了，拿薯片来！"


然而，苏子莫的畅玩生涯却在进入初中的伊始，被她自己亲手画上了一个句号。

"宁爷，我想当学霸。"

一天放学，苏子莫忽然对宁堇年说道。

"怎么着了？"宁堇年不由得重新打量了几眼面前的"混世魔王"，惊讶地问。

"当学霸，我妈就不用再低声下气地求人，我就不会再被欺负。"

苏子莫捏紧了拳头，无比郑重地树立了人生的第一个目标。


不比小学时代就抱了满满几箱奖杯的炎褚翊，苏子莫总的来说还是在无忧无虑、天真烂漫的状态下混过了小学六年。

然而她忘不了那天晚上，她迷迷糊糊地醒来，忽然发现客厅的灯还是亮的，夜是那么的静，静到她可以清晰地听见妈妈啜泣的声音。

"妈……"摇摇晃晃地起身踩上拖鞋，苏子莫走到客厅，看见妈妈红着眼、咬着唇，以一副虔诚的姿态，对着号码簿，不厌其烦地敲着座机上的数字按钮。

望见睡眼惺忪的苏子莫，妈妈一愣，"怎么了？"

"妈，你怎么还不睡？"苏子莫睡得糊里糊涂的，咕哝道。

"你先去睡，妈妈办点事情。"

第二天早上，妈妈兴奋地说："真是太好了，十多年没见的老同学，我一联系，人家立刻就答应了，苏宝儿你可以安心地去念北淮中学了。"

才不是"一联系，人家立刻就答应"，苏子莫低头啃了一口面包，觉得喉咙酸涩。她昨晚明明听见妈妈低声哀求的声音。

妈妈一向是个好强而骄傲的人。苏子莫原本自以为看透了她宁愿自己吃亏也不要点头哈腰的臭脾气。渐渐地，她晓得了那天晚上，妈妈厚着脸皮四处联系人的举动叫"找关系"。她也晓得了，面对这样一个"无才无德"的自己，妈妈只能"找关系"。

那是她有生以来第一次好鄙视自己。

一进了北淮中学，日子也不是那么好过的，长长的一张排名表告示着每个人的地位。坐在倒数几排的位置，面对周围同学的有意疏远，苏子莫觉得周身发冷——

以前的她，有球场，有棒棒糖，有一切。

现在才发现，原来"一切"，都是假的。


与此同时，炎褚裥和苏子莫就像两条不相交的平行线——那样一个优异的他好似完全待在另一个世界里，也同时身处在另一种悲哀里。

那是一场关键到让炎褚裥至今都记忆犹新的奥数竞赛，不想去面对老师殷切的目光，不想去面对妈妈说着"没关系"时眼里那么明显的期盼。

他只是喜欢数学，只是喜欢沉浸在一道道难题里放飞思绪，仅此而已。

进考场的时候，照例被素昧平生的监考老师认了出来，格外亲切地同他微笑："炎褚裥，好好发挥啊。"

台下顿时响起一片议论声，零零碎碎地飘进他耳朵里——"是炎褚裥？"

"等会儿去要他电话号码！"

"长得一点都不学霸，那些传闻是真的假的？"

"不知道他有没有女朋友啊……"

"你们觉不觉得校花跟他好般配的！"

听到最后那句，炎褚裥不禁一个趔趄。当考神最奇怪的一点，就是总有人比他还关心他的终身大事。


卷子发下来，毫无悬念，一帆风顺。

为了十拿九稳，他尽量控制速度，听见周边同学翻卷"哗哗"的声音才跟着翻卷。虽说表面上风平浪静，但炎褚裥总觉得胸口有什么东西在翻腾着、压抑着，随时准备爆发。

最后一道压轴题，炎褚裪读了一遍，心里有了大概的解题思路。就在这个时候，刚才那蓄势待发的东西终于破茧而出，搅得他的思绪一塌糊涂。

长辈们总夸他懂事又乖巧。可年少那倔强的叛逆，纵使他如何抑制，终究还是爆发了。上苍，允他放纵这一次吧。毕竟……他已经压抑自己太多了。

他知道监考老师站在他身后看他答卷，那又如何？他看着最后一道题留下的大片空白，"啪"，盖上了笔盖。


最后一道题，鬼使神差、却又顺理成章的，他没做。交卷的时候，他忽然前所未有的轻松，懈下平日紧绷的筋肉，怔怔地望着窗外。

那是他从未留意的景色，浓密而翠绿的叶子沉甸甸地坠在树木的枝干上，褐色的枝干表面深陷着条条沟壑，天际辽远，流云徘徊。

真好看。

他想。

都比他的青春绚烂。


"请听题——"

主持人字正腔圆的发音把他的思绪拽回了现在，心里暗暗一惊，自己竟会陷入那么专注的发呆。

炎褚裪扫了一眼对手穆允。先前听说有个疯狂的家伙为了这次夺冠，愣是把《新华字典》给背了下来，貌似就是叫穆允呢。难怪他那么嚣张，不会这么倒霉吧？

炎褚翊烦躁地抓了抓后脑勺。他只是个酷爱学理科的啊，为什么连这种明显是文科生较量的比赛也要让他来？

他收敛满心的烦躁，深吸一口气，将自己调整到最佳状态——毕竟校长大人收那么贵的学费，不坑她一顿饭，太对不起广大的北淮学子了。

就在这时候，一个大腹便便的领导站起来，满面微笑，表示自己有话要讲。

主持人哪敢怠慢，连忙转身让领导上台。

一段载满鼓励、激荡人心的陈词滥调过后，全场鼓掌。穆允嘻嘻笑："领导真有口才！"

然后在台下的众目睽睽中，一向高冷得几近面瘫的炎褚翊竟吐了一下舌头，飞快地挤眉弄眼扮了个鬼脸。

排山倒海的喜感顿时扑面而来！苏子莫一时没忍住，"噗"一下就笑了个前仰后翻。

"咳咳，两位选手准备好了吗？请听题……"

炎褚翊不禁屏住了呼吸，撑着脸颊，全神贯注地留神经过耳畔的每一丝细微的动静。

"gān táng yí ài，旧时颂扬离去的地方官。"

话音刚落，柯盏顿有一种喷饭的冲动——啥玩意儿？

呵、呵呵！苏子莫的心在跳，胃在叫，十二指肠在欢笑！苍天啊大地啊，这个词她竟然会写——甘棠遗爱。

欢喜过后，只能默默地望着窗外饮泣，暗骂自己高兴个什么劲

儿啊，现在坐在台上的又不是她。

哦，我是多么的云淡风轻啊。苏子莫深吸一口气，摆了一个十分淡定的姿态，镇定自若地观望着台上的风吹草动，忽觉自己很有当年诸葛先生的风范。

备战席上的柯盏拿起一瓶矿泉水，想喝几口水来缓解紧张得快要窒息的冲动，刚拧开瓶盖薄唇还没触到水，就听见从观众席上传来的一声河东狮吼："考神君，你会写的对不对？！"

然后，本来就提心吊胆的柯盏顿时吓得手猛地一抖，水通通灌进嘴里。这也就罢了，更可怕的是，刚刚灌进去的水，又以一种很奇特的方式再次涌出来——从鼻子里。

"噗咳咳……"一边被呛个半死，一边循声望去，柯盏的脸上渐渐浮现一个悲愤的表情，"苏子莫，原来又是你。"

# 第十一卷 冷战并不久远

　　苏子莫看着炎褚裪的背影，渐渐地，就入了神。说来考神还是很帅的嘛，虽然说话很难听，个性也欠扁，成绩也好得不要脸。但，偏偏就是这样一个，这样一个……让人冷不丁就会心动的少年。

"北淮中学 1 号选手……"

镁光灯的光柱聚集在同一个点上，观众席上的众人纷纷站起来，神色各异。欢呼声此起彼伏，一寸一寸、毫不客气地刺痛了少年的心扉。

屏幕上，是考神君一贯飘逸清秀的小楷。苏子莫双手合十，既迫切地想知道结果，又害怕这结果不是自己想要的那个。

其实评委老师不用故意把语调拉得那么长卖关子，台上的镁光灯的投向已然暴露了胜负的结果。


穆允的脸上覆着一层刺目的白光。

他转头，冲炎褚祤毫不掩饰地绚烂一笑。昏暗中，炎褚祤还是起身，面对北淮众人惋惜的目光，面对对手得意的微笑，宠辱不惊地朝台下俯身鞠躬。

"书写错误，淘汰！"


考神君一下场，谁的脸色都没柯盏的脸色难看——他还坐在备战席上。

穆允睥睨着他，从鼻腔里发出了不屑到极致的冷哼。是啊，看柯盏那脸色，只怕是吓得站都站不起来了吧？

少在那儿瞧不起人了！

柯盏猛地一跃而起，大步流星地朝穆允走去。他遵从的是一条黄金定律——考场上，从心理上战胜你的对手的最好办法，便是当考试才开始十分钟时，你狠狠地一翻卷，切记声音要大！大到每一个角落都听得清晰，大到你的对手质疑他自己实力有问题！

现在，他正狠狠地踏着脚步朝穆允走过去！

主持人一报出词语，柯盏捏着笔咬牙切齿地向穆允宣战："现在的输赢不算什么，有本事咱们赛中考成绩！"

穆允懒懒地抬眼："不会写还这么多话，你看看刚才那位多么甘拜下风，叫什么来着——炎褚裮，北淮的考神君是吧？"

得意的喜悦在他的眉宇间流转，哼，北淮中学，不过如此嘛。

炎褚裮面色一沉，这家伙，他记住了。

比赛结束，炎褚裮朝苏子莫那边走近，仍旧是面无表情，就如同每一次他站在校长身旁向全校展示他的奖杯时那般冷静。

"我……"苏子莫想说点什么，打破考神君身上凄凉的情绪。

"老师，我们多久回学校？"他竟压根儿没多看她一眼。

这一刻，苏子莫忽然有一种感觉——往后不仅不再是并肩作战的队友了，就连所谓的"跟班与老大"的关系也是她生拉硬拽之下才勉强确立的。比赛结束，她和炎褚裮，其实什么都不是了。

于是，苏子莫很有骨气地决定跟考神一刀两断。想到这儿，苏子莫不禁产生一股淡淡的惆怅。跟班什么的，从今往后通通是回忆了。

"所谓人格尊严权……"

政治老师在台上讲得起劲，台下却无一人记笔记。众人皆是目光炯炯，把双手放在抽屉里，紧紧地抓着饭盒——因为，这是上午最后一节课。

苏子莫明显感到手心里沁出了些许潮湿的汗。就听"铃"的一声，顿时一片桌椅挪动的声音此起彼伏，如雷声轰隆。

"冲啊——"苏子莫才刚刚站起来，就发现教室里的人都跑得差不多了，只剩下她一个人在瑟瑟风中惆怅。这世道还让不让人活了？

哀哀凄凄地叹了口气，拖着脚步慢吞吞地走到食堂。苏子莫看着眼前几条望不见头尾的"长龙"，心情纠结，老老实实地排到了后面。

隔得老远，炎褚翊不经意回头，就瞧见苏子莫垂头丧气地盯着地砖。他赶紧掐灭内心莫名升腾的喜悦，把头转回打饭窗口。

就在同一秒，苏子莫抬起头，食堂里人来人往，熙熙攘攘。许是因为五岁那年在人群中与父母走散过，打那之后，她就尤其害怕人多。

不知排了多久，前面同学的后脚跟才挪了几步。苏子莫始终盯着地面，视线里，唯有青白色的地砖，以及来来往往、不同款式的鞋。

突然间，一双据她目测价格不菲的板鞋忽然进入视线，鞋尖朝她，停住。

欸？

苏子莫虽然感到奇怪，却始终害怕一抬眼看见密密麻麻的人群，只好一直盯着鞋，迷糊的表情，全部落入了鞋主人的眼里。

怎么还不走？

苏子莫把视线向上挪了一些，就见鞋主人手里的饭盒，里面盛满了五花八门的饭菜。北淮中学的学生一向称校食堂里的饭菜是饲料，苏子莫此时却吃惊地发现，面对热腾腾的饭菜，自己极为可耻地下意识咽了咽口水。

还有捧饭盒的那双手，修长白皙，指节分明，隔着如此近的距离，

看得苏子莫，莫名脸颊一烫。

扑通、扑通……少年数着自己失控的心跳。

甚至很多年后，午夜梦回，女孩望着饭盒咽口水的模样，都仍在眼前。

气氛，真是恰到好处——如果不是下一秒这个傻丫头甩下一句"唉，妈呀，太好了，好多人不排了"的自言自语就跑走了的话。

苏子莫捧着饭盒欢脱地奔远，只留下原地排山倒海的挫败感淹没了某个原本骄傲得不可一世的少年。

五分钟后，苏子莫捧着沉甸甸的饭盒，脸上挂着胜利的笑，寻找座位。

"苏爷，这边！"坐到了宁堇年旁边，苏子莫才发现自己做了一个多么错误的决定——对面坐的，是自己绝对不想见的炎褚祤。

"喏。"宁堇年把自己的饭盒推到了苏子莫面前，苏子莫也默契照做，两人纷纷把对方盒里的菜挑拣到自己饭盒里。虽说不卫生，但两人这一破习惯已经持续了不下十年。两人挑拣得极为顺手，全然不知旁人是多么的震惊。

"你还是不喜欢吃土豆？"苏子莫惊异地看着宁堇年把土豆大方地倒进她碗里，鄙视道。

"说得像是你喜欢吃所有菜似的。"


明明是正午时分，却因了时值晚秋，阳光张扬却温柔。


苏子莫一直鄙视宁堇年比起她有过之而无不及的挑食，直到数年之后，宁堇年出国深造。

因为要命的堵车，苏子莫赶到飞机场时，那架白色的国际航班已经起飞。

苏子莫陪着泪流满面的宁妈妈聊天。说到宁堇年挑食且特别不爱吃土豆时，宁妈妈惊讶地说："没有啊，小年从小最让我放心的就是不挑食，而且，他尤其爱吃土豆。"


冷战是一件颇有难度的事情，尤其是隔着如此近的距离。

苏子莫只觉得连饭吃在嘴里都怪怪的，无比好奇炎褚祤是怎样做到镇定自若地当她不存在。

"你们俩，怎么不说话？"宁堇年察觉了气氛的诡异，问道。

苏子莫一下愣住了，勺子停在手上。

炎褚祤淡淡回道："没有啊，说话的啊。"说着，抬起脸对苏子莫说，"愣着干什么，你吃啊。"

苏子莫狠狠地瞪着炎褚祤，拜托，我们现在可是在冷战欸！

不过……也许考神压根就不觉得是冷战吧？不过是懒得和瞧不上眼的人说话而已，她自己，还自作多情地觉得是冷战。

越想越气，苏子莫已经完全无法承受炎褚祤在离自己三米的半径范围内了。怒气冲冲之下，她拍案而起，道："宁堇年。"

宁堇年，把炎褚祤给我揍一顿吧！

"干吗？"宁堇年不明所以地问道。

"我们换张桌子吃饭吧！"


诡异的冷战还在持续！

下午体育课，苏子莫笨拙的偷懒被老师捉了个正着："苏子莫！"

苏子莫懊恼地努努嘴，和乔熙九对视一眼，硬着头皮准备迎接老师的批评。

老师叉着腰，脸色阴沉："你觉得就凭你这资质，不勤奋训练，怎么中考？"

苏子莫以一副犯错小孩的标准姿势立正站好，听到这儿，挠了挠后脑勺，自信满满地笑着说："我觉得我的资质挺好啊。"

老师到底是见过几分世面，没有被苏子莫气得倒抽一口凉气，打量了苏子莫几眼，道："哦？你觉得你的资质哪里好？"

苏子莫扬起脸，纯真无邪道："个子高算不算？"

初二的夏天，苏子莫的身高已经超过了 1.65 米，朝着 1.7 米的高度疯长。在普遍身材较为娇小的南方少女中，苏子莫对自己的身高还是很自信的。

一旁的球场，炎褚栩扬手欲投球，冷不丁就看见同学们都各自休息了，唯有苏子莫站在大太阳底下百无聊赖地踢着地上的小石子。

考神君的分神惹得众男生纷纷跟着往那边张望。安小藤拍拍炎褚栩的肩："说真的，考神，苏子莫是除你之外最让我佩服的人。"

"哦？"炎褚栩似是随意地接了句嘴。

"就在刚才，苏子莫在老师严令'偷懒者死'后偷懒被抓，还因为资质的问题反驳老师。"

"'资质'？什么资质？"考神君挑了挑眉毛，兴致盎然。

"身高。"

过了一会儿，宁堇年刚扭开一瓶矿泉水，安小藤就凑过来："刚才你看见没？"

"看见什么？"宁堇年扭开了矿泉水瓶的盖子，却并没喝水，问道。

"考神的笑。"

"有什么大不了？炎爷的招牌讽刺笑，北淮中学的人都见过。"

"我觉得，我可能发掘了考神君的另一面。"安小藤神神秘秘道。

"哪一面？"宁堇年隐约觉得心里有了答案，却又盼着只是自己的错觉。

不远处，炎褚栩拿着一瓶矿泉水朝苏子莫款款地走了过去。阳光干净得不含一丝杂质，覆在少年俊逸的脸上，弄得少年脸微烫。

"温柔的一面。"安小藤嘻嘻一笑，露出八颗白白的牙。

只是安小藤过于单纯，考神递水，绝不就代表温柔。

苏子莫觉得自己就像是一块火候刚好的烤肉，就差被人啃上一口了。所幸太阳不那么烈了，她能稍微舒坦点。

"明知山有虎，偏向虎山行。"炎褚裥不知从哪冒出来，一脸鄙视地递出一瓶矿泉水。

苏子莫眼睛一亮，一把夺过来，扭开盖子正准备牛饮一番，忽觉不对："这么好心？"该不会……在水里面下毒了吧？

炎褚裥只觉苏子莫这丫头越发有意思，正常情况下这时不都应该各种羞涩、各种矜持才对吗？他下意识地一挑下巴，皱眉道："切，再不喝点水，你那尊容，太阳都被吓跑了。"

苏子莫觉得自己果然不是正常人，明明该问的是"什么叫我这'尊容'？"但她顿了顿，脱口而出的竟是："'太阳被吓跑'？所以说你是来替受了惊吓、提前下班的太阳公公替天行道的咯？"

炎褚裥镇定自若，"嗯，我怕黑。"

苏子莫正仰着脖子喝个酣畅淋漓，一时被呛到，咳得死去活来，面对考神鄙视的眼神，她端出豪爽的架子："我自倾杯，君且随意！"

炎褚裥带着对苏子莫智商的悲悯不屑地甩了她一个白眼，也许是渐晚的斜阳太过温和，堇色的光芒把少年的影子拖得老长，让少年嘴角的那抹弧度越发悠扬。

炎褚裯踟蹰的表情，在转身的瞬间，全部变成满满的笑容。

夕阳渐晚，操场上，有几对少男少女趁教导主任下班了，大胆地并肩而行。他们的影子都被拖得长长的。明明是该被封杀的场面，却偏偏，流露出青涩的美好。

火红的天空已成堇色的海洋，一点点，温柔地填满了某个少年的心房。


苏子莫看着炎褚裯的背影，渐渐地，就入了神。

说来考神还是很帅的嘛，虽然说话很难听，个性也欠扁，成绩也好得不要脸。但，偏偏就是这样一个，这样一个……让人冷不丁就会心动的少年。

Stop！苏子莫你在想什么？"心动"这么美好的词，怎么可以跟炎褚裯那种人同时在你的脑海里出现？

苏子莫想到这儿，顿觉羞愧不已。一时冲动，想起体育老师今天的教导"有多余的情绪无法发泄怎么办？做几个蛙跳就好了"，当即蹲下来，抱着脑袋，闷头向前跳。

胡思乱想通通一边儿去！我跳！我跳！


嘭、嘭、嘭……将这碰撞声与自己的心跳区分开，炎褚裯不解地循声回头，然后整个人都僵在了原地。

"……感觉到了么？铜像最近怪怪的。"一旁走过的两个同学在聊天。

"'怪怪的？恐怖片啊？"

"也不是啦，听学长们说北淮第一任老校长特意把铜像塑得目光炯炯，威严逼人，号称北淮打击早恋的'二圣'之首，可你发现没，最近铜像神情好温柔哦……"

而这边，两道目光相撞，一道充溢着"你白痴吗"的震惊，一道写满"我就是白痴啊"的无辜，就此厮杀出北淮校史上最激烈的火花。

# 第十二卷 当学渣撞上学神

　　号称"霹雳无敌"的语文课代表苏子莫其实也有很多软肋，其中最让她无地自容的，当属数学。不论何时，你只要走进北淮中学，问起当年的数学天才，必然会有人一脸崇敬地同你细数炎褚祤的光辉事迹。于是乎，在那青涩悠扬的校园里，在那窗明几净的教室内，藏了一段数学天才与数学白痴的冤家趣事……

一贯风趣的历史老师曾偶然和同学们聊起他的年少岁月。

"……我初中的时候就显出了'非凡的文科天赋',以至于快中考的时候我不得不每天踩着单车到处买数学题册。一沓一沓的,每本大概有咱们历史书这么厚——你们懂的,数学,每一个文科生永恒的痛。

"你们猜我买来做什么?背答案。北淮中学至今流传着一个传说,当年有一个学生,每次数学老师在黑板上写题目,才刚写了几个字,他就能立马说出答案——你们现在知道他是谁了。"

"月考的题目大多是老师们从一大堆题册上照搬过来的,他们能买到的题册大多数情况下我也买了。因此,呵呵,我十分愉快地混过了数不清的数学月考。我一直天真地以为我也可以这样潇洒地战胜中考——直到我上了中考考场。(附:中考考题都是出题组老师现编的。)

"中考那天我还图吉利,穿了一件白色的衬衣、迈着潇洒的凌波微步走进考场。我的好心情持续到我看到数学卷的第一秒。我花了足足十二分钟去算一道选择题,可惜算出来四个选项的答案都对不上——估计你们已能深刻地领会到当时我的心情。

"我看那卷子好白啊好白啊……直到那卷子上出现了暗红色的斑点,我当时懵了,酱油?我用手指蘸了一下,尝了尝——嗯,难以言表的熟悉味道,然后监考老师走过来,表情复杂:'同学,你要不要紧?'我低头,才发现不知什么时候起我胸口的白衬衣红了一大片。哦,原来我流鼻血了。我十分洒脱地一挥手:'老师,不用管我。'

"就在我感觉自己好像还是有几道题会做的时候,打收卷铃了。

"考场门口一大堆家长在围着等小孩。他们一看见我，纷纷往后退了一步。那是我人生中最晦涩的一个中午。我找了个台阶坐着，鼻血还在流，但是 I didn't care（我不在乎）！我当时豪情万丈，想着下午的考试老子不去了！这么想着心里好受一点了。然后预备铃打响，我像个孙子一样屁颠屁颠又忙不迭进去了。所幸——下午考历史。嗳，怎么扯得那么远？来来来，继续，文艺复兴……"

他讲述的时候数次哄堂大笑。

小子们笑得前仰后合，不乏从椅子上摔下去者；姑娘们憋得脸色通红，"嗤嗤"的笑声还是从嘴角溢出来。

苏子莫笑不出来。她微微张着嘴，仿佛从老师嘴里出来的不是一段诙谐的旧事，而是她残酷的未来。

所幸，中考还有一年才到！

可是这一年里，最不乏的就是各种小考。

神啊，让这要命的两个小时赶紧过去吧！

苏子莫瘫倒在课桌上，绝望地想道。

此时此刻，她坐在考场里，面前摊着一堆莫名其妙、匪夷所思的几何考题，眼花缭乱的一大堆符号数字凑合在一块儿，求这个的长度，证明那个的垂直……想起曾经炎褚翊说过："数学这东西吧，你多读几遍题，答案自己就蹦出来了。"

怀着美好的祈盼，奢望着再读两遍，真的会有答案自己蹦出来。只可惜，纵然翻来覆去读了不下十遍，在脑海里百转千回的却只有一句哀嚎：我怎么会知道？

　　唉，这考试这么难，反正也没几个人能及格，考砸就考砸吧。苏子莫自我开脱道。

　　好吧，念书时代，无数人用这句话无数次开导过自己，只是苏子莫并非其中运气较好的那一个——因为炎褚翮的存在。

　　成绩发下来，全体同学集体崩溃：满分？这么难的卷子考神君你是怎么做到的？！

　　就这样，考神君如雷贯耳的大名再一次名震北淮。于是乎，当炎褚翮拿到自己卷子时，那张皱巴巴的卷子无声地向主人宣告着它被全年级传阅的经历。

　　当然让炎褚翮真正感到匪夷所思的，是苏子莫每次遇见自己欲言又止、掉头就走的表现。原本打算直接无视，可是上天好像偏偏不允许。

　　"炎褚翮，快去数学办公室。"安小藤简明利落地交代后，忽然笑意不明地拍拍炎褚裥的肩膀，反复打量，啧啧赞叹，"咱们考神还是蛮帅的嘛。"

"干吗？"炎褚裥皱起眉头，心想安小藤该不会是同性恋吧？

"快去，有份惊喜在数学办公室等你。"安小藤迫不及待地把炎褚裥推出教室，挤眉弄眼的表情惹得炎褚裥毛骨悚然。


惊喜么？

走在这条无数次走过的路上，就连阳光都绚烂得有点诡异，肆意穿梭于学校的每一条走廊。数学办公室的门就在眼前，正欲抬手，却恰好轻风忽袭，将这门一点点推开——

还没看清楚到底是什么，一个不明生物就扑了过来："老师问起，你一定要说我去找你交流过数学了！"


"炎褚裥，苏子莫去找你交流过了吗？"

数学老师扶了扶眼镜，原本阴冷的脸色因为炎褚裥的到来而多了几分和蔼。

完了，这下丢人丢大了！

苏子莫懊恼不已。之前拿她束手无策的数学老师命令她去找炎褚裥交流学习经验，对，就是那种学渣一脸崇敬地望着学神口若悬河的场面。

去还是不去呢？

几次下定决心，一看到炎褚裥却又望而却步。此刻，唯有可怜巴巴地一个劲儿扯炎褚裥的衣角。

炎褚裥鄙视地看着她，心想，装可怜是没用的。

"哦，其实……"

"不必多说，炎褚裥，我只期待看见下一次数学考试苏子莫的进步。"数学老师一句话瞬间抹杀了苏子莫的全部希望，不要啊！

一出办公室，苏子莫加快步伐往左走，却被某人凭借身高优势，居高临下地拎住了衣领："去哪儿？"

苏子莫转过头，恶狠狠地瞪着炎褚裥，原本并不漂亮的脸却被脸上的绯红渲染得异常生动："去厕所，要不要一道？"

一股惊异之色瞬间席卷了炎褚裥整张帅气逼人的脸，但他很快镇定下来，抛下一句"教室见"就大步离去。说来考神真的很有风度，换做别的男生，估计会不顾一切地仓皇大呼："耍流氓。"

作为史上第一个被考神君辅导功课的人，苏子莫有一种稀里哗啦、泪流满面的冲动。坊间盛传着一段有关考神的传说：考神或笑或拽，多看一眼，心多跳一拍。

在赛过天书的数学题里遨游，苏子莫只觉陷入了一个无底的漩涡，加速下落。就在此时，一只温暖的手拉住了她，停止了周遭的一切混乱，淡淡一笑，说："这道题，很简单。"

纵然苏子莫对坊间的那些夸大其词的传说不屑一顾，但此时此刻，数学盲苏子莫想说，炎褚裥解数学题的样子，还是挺好看的。

考神握着笔，面对匪夷所思的数学题，运筹帷幄，淡定自若。每解出一道题时，嘴角下意识地上扬……无一不看得苏子莫心跳如雷声滚滚。

"懂了没？"一语惊醒梦中人，苏子莫瞬间从花痴状态中回过神来，迷茫地"嗯"了一声。炎褚裪眼中的鄙视丝毫不加遮掩，汹涌而来："苏子莫！"

"我错了我错了……"苏子莫赶紧主动认错，心想考神君这下真的生气了！

"我重新再讲一遍！你看，矩形 ABCD 对吧？我们可知……"

由于跟苏子莫纠缠数学题，放学，其他同学早都回家了，这俩才结束战斗。

"呼——"长舒一口气，两人都瘫在了椅子上。

"原来是这样啊。"苏子莫意犹未尽地盯着卷子，心想数学原来也可以这么简单。

"都六点了。"炎褚裪看着手表，淡淡道，却把苏子莫吓得不轻："你会不会被骂啊？"根据各种狗血八点档电视剧，豪门家教往往严得一塌糊涂。

炎褚裪一愣，忽然面露悲伤："哦，是啊，我爸肯定今天又要动家法了。"

"家法？"

"先背祖训，背完被家法抽一顿，然后再背祖训。"炎褚裪尽量使自己的表情看上去更加悲伤一点。

"不就是晚回家而已嘛？！"

"晚回家事小，违背祖训事大。"

啊？真的那么严啊？连回家时间都定得有祖训？苏子莫急了："那怎么办啊？"

"被打一顿咯，能怎么办？"炎褚裥继续肆无忌惮地逗着苏子莫。

"是我害你晚回家的，能不能打我啊？"苏子莫鼓起勇气，沉默了半天才说道。

炎褚裥先是一惊，随后彻底被苏子莫逗乐了。他憋笑憋到内伤，还得强装一脸无奈道："那怎么行？家法只能打自家人，难不成……"

两人本就挨得不远，炎褚裥说着一点点靠近苏子莫。苏子莫这丫头满脑子想着怎么使炎褚裥不被打，丝毫没有察觉两人的鼻尖已然近得只有二十厘米。

"'难不成'什么？"苏子莫焦急地询问道。

"难不成你在委婉地向我表白？"炎褚裥原形毕露，眉眼弯弯的坏笑表情欠扁至极。

"我哪有？"苏子莫都快急死了，炎褚裥还有心情开玩笑？！

"说不定炎少夫人可以替炎少爷挨打啊！"炎褚裥眨巴着一双摄人心魂的眼睛，一本正经地说出了一句威力丝毫不逊原子弹的话。

晚饭时间，某宅内。

"裥儿，你的脸怎么了？"说话的妇人妆容精致，一颗莹润的珍珠坠在锁骨上，正是炎褚裥的老妈。

"呃，被一个女生打的。"

炎褚裥话音刚落，老妈顾不得别的，抬起脸，焦急地问道："你是不是做了什么对不起人家的事情？！玩弄人家的感情吗？还是……还是我要当奶奶了？"

一向淡定的炎褚裥被饭呛得死去活来，涨红了脸大呼："老妈，别开这种玩笑！"

妇人掩唇一笑："老妈也是逗逗你嘛。看你刚才魂不守舍的，是在想学习呢，还是在想……打你的那个女生呢？"

"妈，我说过我是不会早恋的。"炎褚裀闷头刨饭，心情如浪涛翻滚，错综复杂。

老爸老妈对视一眼，老妈爽朗大笑："呵呵，我相信，总有一天，会有一个小丫头，踩着七彩祥云，收了我家外冷内热的炎褚裀……"

只是从古至今无数段以悲伤收尾的旧事，貌似都验证了一个亘古不变的定理——猜得到开头，却没猜中结局。


清早，澄澈的阳光倾洒在自诩为"北淮第一小蓝颜"的安小藤身上。

他叼着袋牛奶刚进学校，就瞅见几个漂亮妹子。妹子们边兴致勃勃地聊着，边不时伸手指向某间教室。

安小藤看妹子看得入了迷，过了足足十秒才反应过来——她们指的不是咱班教室吗？几个箭步冲进教室，就见教室里的同学都齐刷刷地盯着一个方向。

"要作辅助线！"

"不用。"

"根据角平分线定理，以及……"

"别扯你那些歪理，行不通。"

安小藤觉得笑意排山倒海地涌了上来。他仓皇蹿出教室，然后扶着教室外的墙笑到肚子痛。

在北淮中学少有人敢在理科上跟炎褚裀叫板，若是炎褚裀计算失误，数学老师都会检查标准答案是不是出错了。

而苏子莫……真是，了不得啊！

"我就要作！"

苏子莫摸出尺规。她就想不明白了，怎么着炎褚祤脑子里蹦出来的就全是无懈可击的标准答案。她怎么就满脑子"行不通的歪理"呢？

炎褚祤恼了。这丫头怎么这么钻牛角尖？两句话答完的题目，竟然还去作辅助线？！深吸一口气，好使某些哽在嘴边、伤人至极的真心话不脱口而出。

"等边三角形对吧？60°对吧？"

"可是……"

两人的争论如此热烈，以至于上课铃打响了，两人都丝毫没有察觉。老班扶了扶眼镜，阴沉地站在教室门口时，苏子莫正在高呼："不对啊。"

引用安小藤曾经说过的一句话就是："老班嘛，这个女人了不得，她成为大龄剩女不是没有原因的。她总能在一群人中收敛自己的气息，使你完全感觉不到她的存在。说不定谁真跟她好上了，还经常会有单身的错觉。"

而那会儿安小藤说这番话时，老班就在他身后。

"讨论数学呢？"老班懒懒地开口道。

"嗯。"炎褚祤好整以暇地应道，一副全副武装应付老班的架势。

老班看着炎褚祤，阴森森的神色转而一片晴空万里，噗嗤一声笑道："怎么不见你们讨论语文？"说着，极其亲切地帮自家得意门生理了理校服领子。

安小藤怆然叹气："诶，果然是个女人就免不了对帅哥的迷恋，竟然连老班也这样。"


"炎褚裙，你坐苏子莫后面来吧。"

老班扫了几眼数学成绩册，目光晦暗不明地看着苏子莫，弄得苏子莫脸一阵红一阵白。炎褚裙一愣，条件反射地朝周边的死党看去寻求援助，却惹来一片起哄："去吧去吧，我们不会想你的。"

苏子莫眼睁睁看着炎褚裙极其不情愿地把书包提过来，正准备说点什么，却被炎褚裙一句话毫不客气地打断："都怪你。"

是啊，都怪我。我笨得一塌糊涂，学不好数学，所以害得你坐到我后面来！

好比一阵旋风毫不留情地席卷了少女的心房，原本对考神美好的感觉瞬间通通支离破碎！

# 第十三卷 年少有梦就去追

对啊，炎褚祤要进的是最好的班，我怎么能去垫底呢?!"我的目标，就是拼尽全力，进传说中最好的'那扇'门。"进了那扇门，这样才能遇见……门里那个人。

在这样一个草长莺飞的午后，乔熙九对苏子莫提出了一个极具挑战性的问题："为什么文学作品里总说'心碎'呢？心就是个传输血液的器官，它怎么着就碎了呢？"

　　苏子莫眉毛抽搐："你想表达什么？"

　　"我觉得吧，思考以及产生悲伤情绪的器官都是脑子，所以咱俩以后要表达自己悲伤的情绪不妨说'脑子碎了'。"乔熙九一本正经地说出了一句让苏子莫为之喷血的话。唉，那个时候，乔熙九就展现出了非一般的拍恐怖片的天赋。

　　苏子莫用一种极其纠结的表情看着乔熙九。乔熙九见苏子莫不服，绘声绘色地举起了例子："我们可以试试到底是脑子疼还是心疼啊。就比如说吧，你知道炎褚裪去哪儿了吗？"

　　苏子莫回头，见后座空空荡荡，回答："不知道。"


　　"来，你先想象一下你喜欢他。"

　　乔熙九一双杏眼直勾勾地盯得苏子莫浑身发麻，这忽然飚出的话更是惹得苏子莫不爽："想象别人不好？偏想象他。"

　　"如果说喜欢的话，炎褚裪最好想象嘛。"乔熙九认真道。

　　"依据？"

　　"根据相关人士调查，北淮中学的女生每天都会问自己一个问题：'完了，我是不是中了考神君的毒了？'过半女生答案肯定，另一部分女生虽然答案否定，但时常会陷入喜欢上考神君的错觉。毕竟……那家伙太惹人心动了啊。"乔熙九愤愤不平地捏起了拳头。

　　苏子莫哈哈大笑："胡扯，我就没有，难不成我不是北淮中学的？"

　　"不，你不是女生，不然宁董年那家伙每天喊你'苏爷'干什么？"

苏子莫无语。作为一个女汉子，被别人评价"不是女生"早已是家常便饭，还是继续刚才"脑子碎了"的话题吧。

"行，我想象——我喜欢炎褚祤。他现在还不在教室。然后呢？"

"据不愿意透露姓名的安小藤说，炎褚祤正跟隔壁班弱柳纤纤的古风美女在办公室，一起帮老师理资料。"

"那又怎么样？"苏子莫冷笑，却觉得心里好像……好像并没有那么云淡风轻。还是想知道，想知道炎褚祤现在真的在哪里；还有，身边是不是真的，有个古风美女？

"两人肩并肩地站在英语办公室里，边理资料，边谈笑风生。据安小藤说，远远望去，宛若神仙眷侣，飘然下凡……"

"胡扯！还'神仙眷侣'？"苏子莫反应特别激烈。乔熙九吓一跳："不就是想象喜欢他吗？你这么大反应，我会怀疑你假戏真做的！快，说说，你哪儿疼？是不是脑子疼？"


"……"

后面响起一道好听的男声。苏子莫没听清，就下意识地回头，只见炎褚祤一手拉开椅子，一手捧着个篮球，一脸理直气壮的笃定。

阳光似苏子莫小时候常玩的玻璃弹珠，在教室里跳跃着，反射着。谢天谢地，那个少年，那个让苏子莫冷不丁有点小小惦记的少年，就站在她面前。

"你刚才说什么？"

"我说，"炎褚祤剑眉星目，配上认真的神情，越发惑人心神，"连脑子都没有，怎么会疼？"

"这种男生，再优秀得天花乱坠有什么用？自高自大，理他作甚。"

苏子莫用吸管拨弄着冰块，冰块撞击玻璃杯，发出清脆的碰撞声。坐在对面说话的老姐一袭淡蓝色雪纺长裙，惹得邻桌的男生频频注目。

老姐名叫许堇芍，是个从幼儿园开始就女王范儿的姑娘，成绩好、美得翻泡不说，还尤其会打扮：阳光下，长裙随风翻跹，一撩长发……啧啧啧，今夜注定又有少年要失眠。

此时，苏子莫正跟老姐抱怨班里有个超拽的小子惹她不爽。老姐慢悠悠地喝着花茶，神情慵懒："叫什么名字啊？"

苏子莫摇头："不说，不想提他的名字。"

"切，北淮中学学霸多了去了，我们奥数班就有一个吧。他才多大啊？好像初二吧，就来跟我们一起学高中奥数，还学得比谁都好。我瞧着人家我就想啊，怎么着都念初二，我妹就这德性啊？"

"老姐！"苏子莫不爽，心想我都被人气成这样了，你还磕碜我。

"听你一说，这不有德性比你还差的么？拽什么啊，有资格拽的，在我看来，就我刚才说的那一个。话说，你讲的那臭小子成绩有你好吗？"许堇芍对着杯沿，吹着杯中的浮花。

苏子莫啜了一大口咖啡，想起炎褚裪那惊世骇俗的好成绩，含糊不清地答道："还好啦。"忽然想起什么，忙问："老姐，你刚刚说的那个真是北淮中学的啊？"

"嗯。"

"那就怪了，这么厉害，怎么没听说过？"

炎褚祤那小子有什么了不起。都名震北淮，这么厉害的人，怎么可能默默无闻？苏子莫心里嘀咕。


"哦，我手机里有他照片，说句实话啊，长得挺帅的。"

一年四季都面若冰霜的老姐，忽然露出一个兴奋而花痴的表情，把苏子莫吓了一大跳。

见苏子莫那质疑的表情，老姐仓皇辩解："喂喂喂！别多想啊，我对学弟不感兴趣。"

苏子莫更是震惊，能惹得老姐如此激动，这个神秘少年究竟是何方神圣？

老姐在手机里翻找着照片，脸上还挂着痴痴的笑容，道："那天我去找他请教题目。我瞧着人家我就想啊，这么妙的人儿，我得不到，干脆老妹收了好了，当不了丈夫，当妹夫也不错啊！反正得成一家。"

苏子莫只觉得有一种表演胸口碎大石的冲动，一拍桌子："老姐，我不是小孩子了！"我已经会害羞了啊，老姐！

许堇芍不明所以，表情迷茫："嗯，知道啊，所以呢？"

"所以不要在这种事情上开玩笑啊！"

"心里有人了？"


心里有人吗？

某个极其欠扁的身影从脑海里一晃而过，苏子莫赶紧在想象中将其一脚踹飞，辩解道："才没有！"

"那开一下玩笑有什么关系？"

"那我有还不行吗？！"苏子莫心一横，管他三七二十一，总之不能再理亏给老姐了。

许堇芍蓦地眼睛一亮，随后莞尔一弯，道："哪个臭小子？我还没钦定妹夫呢，他就把我妹的心率先偷走了？下手挺快啊。"

苏子莫鼓着腮帮。

许堇芍长舒一口气："找到了。"说着，把手机屏幕对着苏子莫，道："就是他，帅吧？"

噗——

苏子莫表情惊悚，一口咖啡全部喷在了许堇芍的手机上！难以置信地用手使劲揉揉眼睛，再揉揉眼睛……

神啊！

这个世界……

这个世界怎么会……

这么离奇啊？！

"老姐！"

"干吗？"许堇芍十分满意地看到苏子莫反应这么激烈，心想这丫头多半也是一看到照片就要死要活地"求见面"。

"我下定决心了！"

许堇芍一惊，苏子莫的脸上写满了年少特有的执著与认真。难不成老妹中毒更深，下定决心"非他不嫁"？

"我要好好学习！"

好好学习，超了炎褚翊！壮志立下，就算前方艰难阻遏；年少轻狂，傲然蔑视万重坎坷。


许堇芍一愣，忽地像是明白了什么："你该不会是想中考和人家考上一个高中吧？咱们一中可是全省最好的高中呢，全省的学生都在向一中看齐……"

苏子莫很有骨气地把圆圆的脸一扭："没事！我能行。"

许堇芍也不急："刚才照片上那位，十拿九稳进一中，而且是最好的班。"

苏子莫的小脸继续扭在一边，保持高傲状。许堇芍掏出一本习题："喏，这本奥数书不错，你拿回去看看。"

苏子莫迫不及待地翻开书，咬着笔头的姿势维持了不下十分钟，忽然十分委屈地说道："姐……"

"嗯？"

"一中分数线是多少啊？"


一中，苏子莫所在的这块土地上最霸气的高中。每一届的新生招募，都是一场异常艰险的独木桥之战。稍有不慎，就会被同窗踩在脚底，万劫不复。


夜晚，俩白痴伏在同一张书桌上，摆着同一个咬笔头的姿势，盯着同一道数学题。

因为信了乔熙九说的"两人一起做数学效率更高"，苏子莫特意到乔熙九家，两人一起想数学题。

"乔小胖。"两人盯着书，已经不知是在想题，还是在发呆，苏子莫忽然说道。

"嗯？"乔熙九喝了口牛奶，哼了一声。

"我想考一中。"

噗——乔熙九一口牛奶喷在作业本上，来不及擦作业本，就问："你说啥？"

苏子莫面对乔熙九没有丝毫崇拜的震惊表情，丝毫不减半分热情："我说我要考一中！"

"为什么？"乔熙九忙问。

为什么？

苏子莫也问自己，也许是因为老姐说，全省的初中生都在向一中看齐吧。

"我跟着大部队走嘛。"苏子莫理直气壮。

"跟大部队？可我听说，进了一中，分班也是有三六九等的呢。能进最高等的没几个，大部队去垫底了，你去不？"乔熙九难得说出这么一段靠谱的话。

苏子莫正准备不假思索地回答"废话，能进一中就不错了，去他的三六九等"，忽然想起白天许董芍说的"刚才照片上那位，十拿九稳进一中，而且是最好的班"。对啊，炎褚裯要进的是最好的班，我怎么能去垫底呢？！

"切，我跟着大部队往一中那方向走，又不跟大部队进同一间教室的门。我的目标，就是拼尽全力，进传说中最好的'那扇'门。"

进了那扇门，这样才能遇见……门里那个人。

笔尖划出的痕迹在茫茫的白纸上很细很细，台灯发出的光芒在无边的黑夜里微弱至极。但，少年单纯却坚定的梦想，面对未知的未来，却那么美好，那么闪耀。

第十四卷 这都是因为……
在乎啊

　　有人说，每个少年，都有过一处痛得无以复加的
心伤。即使玩世不恭如柯盏，也是这样……明明那么
痛，明明那么恨，却还是忍不住在一个个漫长寂寞的
深夜里，回忆离别的点滴。这都是因为……在乎啊。

清晨，阳光晕晕乎乎地洒下，照着还在打瞌睡的人。

上学路上，柯盏一下一下地点着头，桃花眼迷迷糊糊地睁一只闭一只。忽然一个熟悉的身影闯入视线，生生搅乱了他与周公的缠绵。

去他的周公，那不是苏子莫吗？！

没有浪漫的四目相对情节，那身影专心致志地盯着手里的物理题册，算得焦头烂额。柯盏漫不经心地勾起坏坏的微笑，朝苏子莫走过去。就像一个极其挑食的食客意外发现了一盘别有滋味的点心，怎么能轻易放过？

"……这个力的大小呃……"

苏子莫下意识地自言自语，就感觉耳畔一阵热气喷洒："170N，要不要我教你？"

转头，就见柯盏俯着身，越过她的脖颈在看题册，下巴几乎抵在了她肩上。

"不用了，谢谢。"苏子莫礼貌地道谢，然后继续盯着题，斗志昂扬地钻牛角尖。

柯盏郁闷至极。他原以为这丫头定会一脸崇拜与诚恳地哀求赐教，没想到她对自己的智商竟这么有信心。题册自然没什么好看，都是些他一眼就能看出门路的典型题。苏子莫把头扭回去后，索性连脸也不让他看了。下意识地，他的目光落到了苏子莫的脖颈上。

唔……怎么说呢，还没他白；但瘦且光滑，玲珑有致，没有一丝多余的肉。

看着看着，脸就烫了。

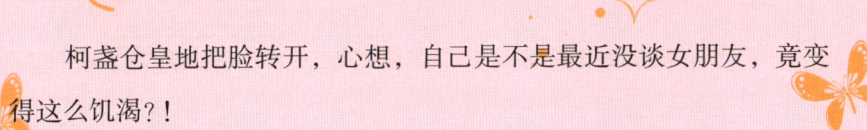

柯盏仓皇地把脸转开，心想，自己是不是最近没谈女朋友，竟变得这么饥渴？！

"为什么我算出来是 240N 呢？你刚才怎么……"

苏子莫恰好转头，就见柯盏脸上诡异的绯红。四目相撞，苏子莫想起许董芍说过"男生走神脸红的时候，脑子里十有八九在想不健康的东西"，登时一惊，赶紧把脸转回来，心中默念：我什么都不知道！

察觉了苏子莫眼神里的鄙夷，柯盏大惊："我说你这人，怎么总是戴着有色眼镜看人？我又怎么着了，你会有那种眼神？"

苏子莫头也不敢回，愤愤道："你少诬赖人！我才没有！"

"那你总是把脸背着我做什么？"柯盏明显底气不足，隐隐地好像知道了答案。

"难不成我还得盯着你看？你脸那么红……"说到这儿，苏子莫欲言又止了几秒，还是闷闷地低声补充了一句："鬼知道你脑子里在想什么。"

在你眼里，我的形象有多么不堪啊！柯盏觉得自尊心严重受挫。

"苏子莫，你给我听着，虽然本人喜好泡妹子，喜好把玩妹子感情，但是……绝不是一个满脑子不健康事物的不良少年！"柯盏义愤填膺道。

苏子莫停下脚步，转过头，说："那你告诉我，什么是不良少年？"说完，她自己就被自己逗乐了。

苏子莫向来单纯幼稚，让人看了就想捏捏。但此时的她，憋着笑，一双晶亮的眼睛流光溢彩，竟莫名地……让柯盏恍惚了心神。

柯盏哑口无言。然后两人就这样维持着一种古怪的气氛，一前一后相隔一米，向学校走去。

走着走着，不时看见有乞丐跪在街边乞讨，不少乞丐面前还用粉笔字写了一大段痛诉悲惨命运的文字。

苏子莫看着看着若有所思，冷不丁又被自己逗笑了，"噗嗤"一下，惹来柯盏的一记白眼："我说你这人是不是心理有问题？人家沦落到如此境地，你还笑得出来？"

苏子莫委屈道："我又不是笑他们。我是在想，我要是哪天真走投无路了，说不定可以也捡块地儿跪着，把各科题册都在面前一摊。相比之下，任何语言顿时都苍白无力了，肯定能讨来不少钱。"

柯盏表情抽搐地看着苏子莫笑得肩膀一耸一耸的，心想这家伙笑点真是低得令人发指啊，不过……还好，不讨厌。

一只流浪狗狼狈不堪地迎面走来，毛发脏兮兮的，却有一双格外清澈乌黑的眼睛。

柯盏熟稔地摸出一个包子，朝它走去。苏子莫一句"小心，别靠近……"没说完，柯盏就已经蹲了下来。

怎、怎么说呢？

明明一分钟前，脑海里还存在着这样一个公式：柯盏＝冷血的不良少年、敬而远之的头号对象。

明明一分钟前，还在想着：今天怎么这么倒霉，竟然恰好遇见柯盏，还像普通朋友那样说了几句话。

明明一分钟前……

总之，原本明明脑海里想的就是"柯盏那个人渣"，可是现在，面对一个如此温馨的画面，某种丧心病狂的念头忽然蹦进脑海——

柯盏他，好像挺不错的啊。

细心把包子掰成小块的样子很帅，边细声说话边抚小狗的样子很帅，还有把头转过来惊讶道"你怎么还愣在这儿，是想迟到吗"的样子……也很帅。

等等！我在想些什么啊！

于是乎，怀揣着"怎么办，我刚才好像觉得柯盏有点帅"的纠结与迷茫，苏子莫失魂落魄地跟柯盏一道走到学校。

楼梯口，柯盏往左，苏子莫往右。

天空呈现出剔透的湛蓝，落入眼中，在心底，荡起了一片涟漪。

就一如很多年后，同样是一个万里无云的晴天，登机口，依旧是柯盏往左，苏子莫往右。

"苏子莫。"

"嗯？"人来人往的走廊上，人声鼎沸。

柯盏忽然前所未有的认真："要是以后物理上有什么问题，就来找我吧。"

苏子莫一愣，点点头。柯盏头也不回转身就走，帅帅的背影，心底暗暗自信绝对能让苏子莫成为心被搅乱的女生之一。

"那个……"苏子莫犹犹豫豫道，柯盏停下脚步。

"不用了，谢谢。"苏子莫心一横还是说了出口。

柯盏忙问："为什么？"

"因为那个……炎褚裥就坐在我后面。"

苏子莫，你敢不敢再煞风景一点！乖乖地"嗯"一声会怎么样啊！

柯盏心底咆哮，尽量保持面不改色，淡淡说了一句："哦，那真是太好了。"

听到这里，一直站在拐角处无人察觉的炎褚裥，照例"切"了一声，同时阳光拥覆了少年嘴角那抹他自己毫无察觉的微笑。

一进教室，果然迟到。老班脸色阴沉："苏子莫，放学来趟我办公室。"丝毫不顾苏子莫身后某个迟到了还大摇大摆若无其事的家伙。

幸好不是请家长，不过肯定要挨骂……苏子莫正郁闷，忽然想起一件更郁闷的事情，去老班办公室的路上，得经过柯盏他们教室。

实在是不想看见柯盏那家伙啊！

放学，苏子莫故意拖了好一阵，估摸着同学们都回家了才蹑手蹑脚地往办公室去——要知道，咱们老班永远是全校最后一个回家的。

途经柯盏他们班教室的时候，特意往里一瞧，除了零零散散几个书包还扔在那儿外，空无一人。

苏子莫松了一大口气，推开办公室的门，一个清瘦而熟悉的背影就映入眼帘。

柯、柯盏?

那身影在邻桌老师的桌前立得直直的，乍一看去，活脱脱一棵潇洒的小白杨，只是正耷拉着脑袋乖乖受训。

苏子莫下意识抖了一抖，走到自家老班面前，垂下头，摆好姿势，一副洗耳恭听的架势。

苏子莫垂着脑袋，目光四处乱晃，冷不丁就和某人同样流转的眼神相撞，那双好看的桃花眼顿时一弯。

柯盏作势要唇语，苏子莫赶紧挑开眼神，心里哀嚎：大哥，不要一副咱们俩很熟的样子好不好?！

要知道，北淮中学的十条死罪中，迟到垫底，早恋排第一啊！

柯盏向来是坐稳了"早恋"这条罪状，万一牵扯上苏子莫，她的一世英名……

柯盏索性头也不垂了，任凭两位老班谆谆教诲，直接就把脸转向了苏子莫，丝毫不掩饰自己直勾勾的眼神。

办公室里一下子就安静了。按理说，两尊大神各批各的学生，互不影响，但眼下这俩学生眉来眼去算什么事儿啊！

老班英明，我跟这流氓真的不熟啊！

苏子莫羞得面色通红，心中想道。

"柯盏，柯盏！"柯盏的老班无可奈何，道，"你上次不是才答应我，从今往后不再早恋了吗?"

老师，饭可以乱吃，话不可以乱讲啊！谁……谁会跟他早恋啊！

苏子莫赶忙转回头焦急地看向自家老班，悲痛欲绝的表情写满了几个大字：老班你信不信我？！

看着苏子莫都要哭出来了的表情，柯盏莫名觉得心尖一紧，眼神一黯："是啊，我不会再早恋了。"

"那就好，虽然你目前成绩优异，但仍有比你更强的存在……"

所幸老天爷还是很罩着苏子莫的，提前让柯盏的老班关住了话匣子，不至于酿成"同一天内碰巧一起上学还一起放学"的悲剧。

火红的夕阳渐晚，青涩的校园与堇色的光辉融为一体。苏子莫神清气爽，出了办公室门忍不住伸了个大大的懒腰，嘴角挂着大大的笑。

"是不是看不见我，你就会很开心？"柯盏站在晦暗的拐角处。苏子莫看不清他的表情。

明明正准备说的是"是啊是啊你怎么知道"，但到了嘴边却成了："没有啊，都很开心啊。"说来，这才是没心没肺的苏子莫的真心话吧。

其实这番话可以理解为，你的存在可有可无，压根儿影响不了我的情绪。

柯盏却痴痴一笑："那，我是不是可以理解为看见我你也会很开心？"

苏子莫一愣，低声道："柯盏，之前是有一些不太开心的事情。但是你能不能不要再玩我了？我不介意以后咱俩继续形同陌路、素不相识……"

唉，薄脸皮的苏子莫真不适合说绝情话。其实她就一个意思，咱俩以后万一遇上尽量装作不认识。

"我介意。"

柯盏不假思索道，一副不容置疑的口吻，连他自己都吓了一跳：等等，我在干吗？离苏子莫越远，我不是越开心吗？

"欸？"苏子莫正说得入神，忽然被打断，迷茫地看着柯盏。

柯盏的脸颊微烫，觉得整颗心都不受自己控制，轻咳两声，一字一句道："我说，若是以后形同陌路，我介意。"

他的神情是那样专注，以至于苏子莫差一点点就以为，他是认真的。

期待地看着苏子莫，柯盏觉得所有的血液都在往胸腔内涌，呼吸越发急促，怎、怎么回事？

"柯盏，"苏子莫自嘲地笑笑，抬起脸，表情虽笑却冷，"这也是你泡妞的手段之一吗？"

什么？柯盏第一反应是自己听错了，她说什么？

"很厉害哦，不少女生都上钩了吧？"苏子莫满脑子都是乔熙九，皮笑肉不笑道。

"上钩"？

就好像一只顽劣的小兽生生闯进胸腔，折腾得一片狼藉。只是，要赶它走吗？狠不下心。

柯盏觉得，自己十有八九是被苏子莫这家伙传染白痴病了。

以前心如刀绞的罪魁祸首，只有妈妈。柯盏不喜欢照镜子，镜子里那个肌肤若雪、眼似桃花的少年，会一遍遍令他想起那个被他叫做"妈妈"的女子。

曾经有好长一段日子，柯盏乐此不疲地问爸爸："妈妈呢？她去哪儿了？"得到的答案，永远是花样百变的敷衍。

妈妈临走前，贪恋地摸着他的头，笑靥若花，却有若隐若现的晶莹在眼角闪烁，说："妈妈以后会很少回家，小盏要乖。"

"很少回家"的意思，其实是一去不复返。

明明那么痛，明明那么恨，却还是忍不住在一个个漫长寂寞的深夜里，回忆离别的点滴。

这都是因为……在乎啊。

# 第十五卷 开战吧，数学废材

　　她已然认命决定老老实实当个数学废材。直到如今，她碰到了炎褚祤。"我决定开始认认真真地帮你补习数学。"苏子莫迷蒙地眨了两下眼睛。堂堂北淮中学数学第一的考神君来给她补习数学？暴殄天物啊。

"炎褚裪，今天抽屉里又有给你的信哟！"

炎褚裪刚放下包，安小藤就极其肉麻地笑着说。

"都要期末考了，真有闲情。"炎褚裪俯身就见自己被粉色信封塞得满满当当的抽屉，不由得感慨。

小学的时候，在老师的谆谆教导下，女生都把戴着眼镜、拿好成绩的男生奉为白马王子。

但上了初中，在各种言情小说的熏陶下，笑容不羁、个性十足的痞子男一下就成了抢手货。

更何况是考神君这种类型，既达成了长辈们对少年的所有期望，又正好满足了少女对男神的条条构想。


北淮中学有一条不成文的规矩，到了初三，每个班的第一名可以自己挑位子。

于是乎，初二下学期，班里各路学霸就拉开了烽火四起的角逐战役。

苏子莫也想兴致勃勃地进去搅和一脚，但没想到，一个叫数学成绩的家伙死死地抱住她的大腿，泪眼汪汪地说："主人，早点认清现实吧。"

苏子莫一直坚定地相信，她的体内，沉睡着一个数学天才的灵魂。不是不存在，只是还没醒而已！

老姐许堇芍知道了这事儿后，掩唇一笑，眼底仿佛有星光花影，璀璨至极："呵呵，想象力不错嘛，小学渣。"


什么是学渣？摊开卷子，学霸看门道，学渣看热闹。

哗哗哗……

数学卷相互摩擦，从第一排向后传去。苏子莫迷茫地拿到卷子，机械地转身把卷子递给炎褚裥，脑子里一片空白。

炎褚裥面无表情地接过卷子，轻车熟路地开始解题，不一会儿就做完了选择填空，下意识抬头——就见苏子莫那家伙正趴在桌上"生死未卜"。

一种恨铁不成钢的愤懑顿时填满了考神君的胸腔。他毫不犹豫地端了苏子莫的椅子一脚，动静之大以致惊动了四周的同学。

苏子莫却淡定自若地趴在桌上睡得香甜，反正睁眼噩梦、闭眼美梦，何必自讨苦吃。


你相信遗传学吗？

话说在江南一带，有一书香门第，世代学文……换个通俗易懂的说法就是，苏子莫举家上下，就没谁学懂了数学。

苏子莫自己也觉得这没什么不好，在数学上遭受的打击可在语文上弥补回来。她已然认命决定老老实实当个数学废材。

原以为一切就会这样顺理成章地发展下去，直到如今，她碰到了炎褚裥。

"我决定开始认认真真地帮你补习数学。"炎褚裥面无表情，不容置疑。

苏子莫迷蒙地眨了两下眼睛。面对这个在她看来是年度最好笑的笑话，她在犹豫要不要笑。堂堂北淮中学数学第一的考神君来给她补习数学？暴殄天物啊。诶，看不出考神君这么有幽默感。

但是，当午休时考神说"坐下，拿出你的数学书"时，苏子莫彻底呆住了：

　　"给我一个你拔刀相助的理由。"

　　"路见不平。"


　　炎褚裪并无意效仿那些漂泊江湖、伸张正义的大侠，但这次他真的看不下去了——看不下去前座的苏子莫以一副看破红尘、不忍直视的姿态，面对一张简单得翻泡儿的卷子。

　　于是乎，他决定端正自己以往玩世不恭的态度，认认真真地带着苏子莫，在数学这块领域杀出一条漂亮的血路。

　　他已然在幻想中看见苏子莫拿着奥数奖杯一脸傻笑的场面……但是，面对眼前连基本概念都弄不清楚的家伙，炎褚裪很理智地掐灭了想象。


　　"这一条概念，还有这一条，合并后常常以选择题的形式出现，还有……"

　　炎褚裪以往也有过辅导的经历，但他从来都寥寥点拨，从不掏底——他傻啊，掏光了自己，说不准中考时谁是状元郎。

　　但面对苏子莫，他已经使出了十八般武艺，最后发现这丫头不是弱智，是根本不配合。

　　苏子莫捧着脸，听故事似的任凭炎褚裪讲得口干舌燥，迷茫的眼神就像是一只迷路的小鹿，还一点不惹人怜爱，因为在炎褚裪看来，这只小鹿压根是自甘堕落。


　　"苏子莫。"炎褚裪把笔往桌上一拍，脸色阴沉。

"嗯。"苏子莫应得干脆。

炎褚裐越发恨铁不成钢："怎么回事？那个单枪匹马、毅然决然地向我下战书的苏子莫呢？在哪！"

通常老妈最爱看的八点档电视剧里，这时听者往往会懊悔得涕泪齐下，誓要痛改前非、重新做人。

苏子莫一言不发地举起手。

"嗯？"

"你不是问我那个苏子莫在哪吗？在这。"苏子莫表情认真，不像是在开玩笑。

炎褚裐挑挑眉："你逗我？"

"我不介意再给你下一封战书，就比考数学以外任意科目的成绩。"

炎褚裐算是明白了，这丫头压根放任自己的数学不管了。哼哼，他会退缩吗？

"现在，你先放下对数学的排斥心理。"

"嗯哼。"

"然后按照我的安排一步步攻克数学，OK?"

苏子莫嘴角抽搐："'攻克'，稳操胜券？"

"你说呢？"炎褚裐桀骜不驯地冲她一挑下巴，以俨然一副志在必得的表情，飞快地眨了一下左眼。

直到很多年后，苏子莫还是会反复看《大话西游》里那个默契眨眼的镜头，来回忆此刻的心动。

事实证明，两个思维不在同一水平线的人一起学数学，就好比一只皮卡丘和鸭嘴兽的跨种族恋爱。

"……你总盯着我的脸做什么？"难不成图在他脸上？考神君的脸色冷不丁一沉。他讲解得那么仔细，苏子莫那家伙到底有没有在听？！

嗳？犯花痴被发现了？苏子莫匆忙辩解："没、没有啊！"说着，小声咕哝："我只是牙有点疼，所以才走神。"

"牙疼？"

"嗯，好像要换牙了。"她说得一本正经。考神君眉毛一撇，咬牙切齿地说道："苏子莫，你多大？"

苏子莫的下巴枕在胳膊上，绚烂一笑："大爷我年方 14 岁。"

考神强大的气场几乎要把苏子莫逼到墙角了："14 岁还'换牙'？"他一腔怒火，蓄势待发。

苏子莫一想，对欸。但她才不要在考神面前示弱。她一本正经地张开嘴，含糊不清地说："真的……有一颗牙有点晃，你看。"说着，她毫不顾忌地朝考神张着自己的血盆大口，"看见没，看见没？"

"先把嘴闭上。"考神君忍无可忍地把头扭到一边，"我原本在想，你到底是真傻还是大智若愚……"现在不用想了。

"当然是后者啦，是因为牙太疼把我的智商拉低了。"苏子莫一脸扬扬得意的神气。


炎褚褕嘴角抽搐，无力地扶着额头，"为什么我真的有一种智商被拉低的感觉？"

话虽这么说，炎褚褕还是锲而不舍地往苏子莫脑子里灌输着解题的基本思路，第 N 遍小心翼翼、已不敢抱有希望地询问："懂了没？"

这次，苏子莫没有一脸迷惘，没有敷衍地回应。她颤抖着捧起卷子，激动得语无伦次："我……好像……好像！"

"'好像'什么？"炎褚祤的眼眸里闪烁着激动的亮光，果真是天道酬勤！老天，你听见我的祈祷了吗？

在考神期盼的注视下，苏子莫字正腔圆地说："好像……还是没懂。"


炎褚祤正绞尽脑汁，探索着该如何用最简单的方法教会苏子莫号称"食物链顶端"的题目。

苏子莫百无聊赖："炎褚祤，你以前也这样给别的女生补过数学吗？"

等等，好像说错了什么！为什么会下意识强调是"别的女生"？但愿考神君别多想。

炎褚祤手中的笔一顿，目光从草稿纸上一偏，一副沉思状。

果然还是给其他女生辅导过数学啊……苏子莫一声她自己都觉得莫名其妙的叹息化在悠悠怅怅的风中。

"当然没有！"他斩钉截铁地说道，"我见过那么多的女生中，你……"


欸？苏子莫自行脑补下半句话："我见过那么的多的女生中，你是唯一让我心动的。"

神啊，原谅一个嗜好看言情小说的花季少女吧。

"……你这么笨的，绝不会有第二个。"

"听说了吗？一个超级不要脸的女的缠上考神了！"

"啊？怎么回事！"

"谁知道她用了什么手段，还让考神给她补习数学。"

"补习数学？我还以为考神君喜欢数学好的女生！"

"就是，听说那女的数学超级差，还有脸接近考神君。"

"打听一下是谁，有机会给她点颜色看看！"

两个小太妹相谈甚欢，丝毫没注意到有个用本子挡着脸的家伙正贴着墙小心翼翼地移动。

"嗳，炎褚栩！"

两女生声音骤然提高，兴奋之情溢于言表。炎褚栩虽然一副三好学生的乖乖样，却也跟学校里的各色人物有着些许来往。

"嘿，这么巧。"迎面走来的炎褚栩公式化地一笑，却丝毫不显得僵硬，那么那么的绚烂，那么那么的好看……那么那么的，让墙边的那个家伙心惊胆战——别说你认识我，我不想挨揍！

那三人不痛不痒地攀谈了几句，苏子莫调整呼吸，尽量悄无声息地举着本子继续移动。就在她自以为死里逃生万事大吉之时，一只修长的手臂霸道地撑在她面前身侧的墙壁上，拦住了她的去路。

苏子莫抱着侥幸的心理，始终没有放下挡着脸的本子，像螃蟹一样横着挪了几步想逃走，却撞到了人。

"喂，你在做什么？"被撞人发出的声音属于考神君。咦？考神君你的手有那么长吗？还撑在墙壁上？

苏子莫疑惑地转头，就看见了仍撑着墙壁、一脸坏笑的柯盏。

原来考神一直在和这俩小太妹说话，拦住苏子莫去路的，是柯盏。

苏子莫缓缓把本子向下移了几寸，看看撑着墙壁的柯盏，再看看考神君和小太妹，咽了口口水。

柯盏饶有兴致地打量苏子莫惊惶不安，就好像一只迷迷糊糊的小羊误闯入狼窝，说不完的趣味。

炎褚祤此时却淡淡地看着柯盏，双眸幽邃，暗藏漩涡。

就在这时，叮铃……

耶！这个世界有上课铃真是太美好了！苏子莫简直要喜极而泣了。她欢脱地奔回教室。

炎褚祤的心情，却好像没她那么欢快。

"以后，尽量不要出教室。"炎褚祤仍旧面无表情，语气里却多了几分严肃。只要待在教室里，就不怕偶遇柯盏那个家伙……但愿，今天只是偶遇。

苏子莫不明所以，只好点头，但转念又想："不行啊。"

"为什么？"炎褚祤皱起了眉头，带着威逼的意味。

苏子莫战战兢兢地回答："我要上厕所啊。"

炎褚祤念念不忘柯盏的问题，忍不住又开口道："苏子莫，你知道当下的首要任务是什么吧？"

苏子莫一愣，想起前几天新闻联播的内容，弱弱地问："搞好改革开放？"

"好好学习。"炎褚祤简直对苏子莫无言以对，同时下定决心以后要慢慢给她洗脑，把她智商洗高点。

"哦。你跟我说这个干吗？"苏子莫疑惑地皱起眉头。

炎褚裀咳了两声以缓解内心的尴尬，然后说："为了告诉你，要以学习为重，不要被一些看似华丽的东西恍惚了心神。"

看似华丽的东西，比如说游戏啊、动漫啊、柯盏啊……


只是炎褚裀全然不知，他说这番话的时候，一贯严肃的表情因为内心的翻腾而前所未有的可爱，以至于造成了苏子莫的严重误解——"看似华丽的东西"，他在说他自己吗？

切，这分明是一边耍帅，一边说："不要迷恋哥！"

哦哦，懂了，他的意思是说："虽然我也知道我给你补习数学的样子很帅，但是你绝对不可以被迷住！"对吧！

自以为弄懂了炎褚裀拐弯抹角的深意，苏子莫顿时成就感满满，深深地为自己的逻辑所折服。

要是考神君知道此时一脸心领神会的苏子莫内心的真实想法，恐怕……

# 第十六卷 落后就要被践踏

　　为了分散这痛得无法呼吸的感觉，苏子莫仓皇抬起头，一眼就看见墙上贴着的排名表。自己名字总是与"1"序号挨在一起的感觉，一定很好吧？因为可以拥有太多太多的荣誉，因为可以不用被别人踩在脚底，因为可以稳稳地抓住美好的未来……还因为可以随意践踏别人的自尊心。

黑夜静谧，月光如积水空明，苏子莫拥着被窝酣睡。梦中，仍旧是那间教室，仍旧是那个考神——

　　"苏子莫，为了美好的未来，你要乖乖听我的话，好好刷题，天天向上，知道吗？"

　　"啊？这么说来，我听你的话才有的未来，算你的未来还是算我的未来？"

　　"你说呢？"梦里的考神笑容邪乎乎的，越发勾人。

　　下一句，该不会是"当然是我们的未来"吧？！

　　苏子莫"哇"的一声从梦中惊醒，一脚把堆在床上的一沓言情小说踹下了床，喘了几口气，慢慢冷静下来。

　　苏子莫的梦境一向极有创意，过去她也为此十分得意。但现在，她捂着发烫的脸，慢慢回想刚才那个疑似春梦的梦境，好像没什么不对……好像有什么不对。

　　为什么春梦的男主角会是炎褚裼？！

　　好不容易平静下来的情绪一下子宛若黄河泛滥，猛浪滔天。苏子莫盯着天花板，月光在白花花的天花板上布下柔美的光芒。

　　唉，天亮了还得去上学……还得去面对数学。

　　想到这儿，苏子莫顿感疲惫，明明刚才惹得她心跳如雷的考神君也被抛之脑后。她缩进被窝，再次陷入沉沉的睡梦。

　　数学啊数学，你何必折磨无辜的人类呢？

　　再次做梦，梦什么不好？竟然梦见数学考试，太逼真了，那惨白的卷子，那密密麻麻的数字，弄得苏子莫心如刀绞。

她的青春，就这样被数学蒙上了一层黑压压的云雾，顿时寸草不生，繁华尽褪。

就在这时，一道朦胧却明亮的光芒拨开云雾，朝她奔来。嗳……是天使吗？

苏子莫在梦中拼命眨眼，隐隐约约看见一个身影，看不清楚脸？眨眼眨眼再眨……

"苏宝儿，起床。"

妈妈不停地摇晃苏子莫，知道她学习辛苦，也不忍心粗鲁地叫醒她。

苏子莫还在梦里拼命地眨眼，眼睛猛地一睁，啊，怎么是老妈的脸？！

她慢吞吞地起身，还沉浸在刚才的疑惑中——那道光芒，是谁呢？

教室内，稀稀落落地坐着几个早到的同学。

"炎褚翊，你在逗我？"安小藤倒坐在苏子莫的椅子上，面对着炎褚翊，表情纠结。

"我何时逗过你？"炎褚翊的表情淡得像一缸白开水，尝不出半分滋味。

"你竟然主动给苏子莫补习数学？！"安小藤欲言又止，抿着嘴抿了半天，终于吼出了这句话。

"有什么不对吗？"炎褚翊继续反问。

安小藤叹了口气，顺势垂下头："重色轻友。"

"切！"炎褚翊抬头扫了安小藤一眼。

安小藤暗道不妙，这家伙该不会说"你又不是我友"吧？

炎褚祠的脸上漾开几分坏坏的笑意："被你看出来了。"


操场上，乔熙九机械地迈着步伐走向教室，顺便时不时点着头闭上眼睛与周公私会。

"熙九！"

一个巴掌拍在乔熙九的头上。乔熙九虽已困得懒得还手，却在内心暂时告别周公，默默地咆哮了一句：去你的，苏子莫。

"你昨晚又补课啊？"苏子莫把手中微烫的咖啡递给乔熙九。乔熙九迷迷糊糊地点头，接过咖啡，还不忘来句："谢了。"

苏子莫不由得叹气。乔熙九的妈妈每天都请了家教，马不停蹄地给乔熙九补课，唯恐她考得比别人低。


当然，这个"别人"里不包括炎褚祠。

北淮中学的大部分家长都知道所谓品学兼优的炎褚祠，以至于北淮中学有过一个很经典的句式："炎褚祠都可以××，为什么我不可以？！"

苏子莫也用过。她当时正值叛逆期，一脚踏在椅子上，以伸张正义之势，怒气冲冲地吼出了一句："炎褚祠都可以看动漫，为什么我不可以？！"

妈妈懒懒地抬起眼，看了她一眼，说："你这么想跟炎褚祠比？"

诶，炎褚祠在家里一定很自由，因为不论做什么事情，都有一个底气十足的理由：我想怎样就怎样，就凭我是考神君。

"你可以跟阿姨说说啊，补课那么辛苦，没必要……"

"不，"乔熙九疲惫不堪地睁开眼，看着苏子莫，深色的黑眼圈分外憔悴，"是我要求我妈给我多请几个补课老师的。"

嗳？苏子莫愣住了。她印象里胖乎乎的乔熙九，最大的乐趣就是和她一起吃各式各样的零食，看各式各样的帅哥……主动要求补课？简直不可思议。

"别逗我……"苏子莫绽开一个绚烂的笑容。

"我没逗你，"乔熙九也笑，却格外惨淡，"下学期我们就初三了，要学会对自己的人生负责了不是吗？"

没心没肺的苏子莫明显愣住了，半天没反应过来。

"我是说，最终的中考，是要把同窗踩下脚底，才能念一中的啊。"撞上苏子莫仍旧迷茫的眼神，乔熙九笑着摇摇头，拍拍苏子莫的肩："加油，咱俩一块考一中吧！"


苏子莫彻底震惊了。

想起才做的梦，为了美好的未来（考一中），自己怎么可以每天浑浑噩噩地度日？！幸好有考神君坐在背后可以随时请教，现在浪子回头应该还来得及。

走进教室，就见熟悉的收作业场面，但是……为什么有一沓本子苏子莫没印象做过？！苏子莫以一副同僚闲侃的口吻，对收那沓本子的数学课代表说："嗳，这是什么？"

"作业啊，"数学课代表懒懒地打了个呵欠，"多得要命，昨晚做得我生不如死。"

"呵呵。"苏子莫皮笑肉不笑地挪开脚步，真的很要命。昨天有写在本子上的数学作业吗？失魂落魄地坐回座位，脑子里只回荡着一句气壮山河、痛不欲生的话：怎么办？！

说真的，怎么办？

"苏子莫你今天放学留下来给我补作业，就这么办！"

北淮中学一天足有十节课。结束下午的最后一节课，无力地趴在桌上，苏子莫觉得整个人都虚脱了。

唉，还得留下来补作业，当学生太没意思了。

炎褚翊看着前座有气无力的苏子莫，习以为常地挑眉，摆了一个极其不屑的表情："切……"

隐约泛出淡淡笑意："笨死了。"

"喂，可不可以请教一道……哦不，几道题？"苏子莫斗志昂扬地在数学的海洋里扑腾了好一阵，终于还是举起了小白旗，向炎褚翊申请救援。

嗯，有不会的题目就请教，还知道得请教他。炎褚翊勾起了满意的微笑，孺子可教嘛。

讲完了几道题，苏子莫虽仍有点似懂非懂，幸好已然摸到了些许门道。想再请教一下，却不好意思开口，委婉地问："你急着回家吗？"

炎褚翊撑着下巴，好整以暇地看着苏子莫："难不成我回家了，你有本事自己在这写完数学作业？"

一副"没我你能活吗"的样子很欠揍，喂！苏子莫暗暗腹诽，咕哝道："柯盏上次说我有不会的题可以去请教他。"

顺理成章的，苏子莫就把柯盏供了出来。其实她的目的很简单，就是向炎褚翊表达一个意思：你可以回家的，不用管我。

一不小心，几坛陈年老醋，轰然打翻。

"别再与柯盏打交道。"炎褚翊不容置疑地下达了命令，心里翻江倒海，完全不受自己控制。

苏子莫暗暗说了一句：不用你说我也会这么做。但嘴上还是条件反射地问了一句："为什么？"

为什么？

这个问题"轰"地一下在脑子里炸开，混沌不堪。炎褚翊也问自己，为什么不希望她跟柯盏打交道？

再看此时正用笔戳下巴的苏子莫，薄而肥大的校服覆在身上，若隐若现地勾勒出几条青涩的弧线。

"你以为谁都有那份闲心？在他眼里，你不过也只是个麻烦。"

炎褚翊忙转开视线，搜肠刮肚，找出一些恶毒的词句，不假思索地扔给了苏子莫。

事实证明，年少的时候，总会一时冲动干些悔青肠子的事情。

只不过是个……"麻烦"？

一阵冰冷袭来，凝固了浑身的热血，苏子莫的双肩不禁微微发颤，周遭的一切顿时失去了美好的光芒，晦涩无比。

明明不过是一句极没水准的话，明明是向来没心没肺的苏子莫，明明没什么大不了啊……

为什么这话从炎褚翊的嘴里说出来，就偏能精准无误地伤到她？

为了分散这痛得无法呼吸的感觉，苏子莫仓皇抬起头，一眼就看见墙上贴着的排名表。

苍白的纸张薄而脆，就好像晦涩的青春，被数不清的线条框成一个个残忍的表格。

自己名字总是与"1"序号挨在一起的感觉，一定很好吧？因为可以拥有太多太多的荣誉，因为可以不用被别人踩在脚底，因为可以稳稳地抓住美好的未来……

还因为可以随意践踏别人的自尊心。

眼前的数字，一点点模糊起来。

苏子莫咬得嘴唇泛白，最后一点残存的骄傲命令她，死都不能让眼泪掉下来。


"你……"

炎褚裀敏锐的直觉已然察觉到了什么，一向冷静精明如计算机的大脑里，此时却有一个失控的声音，在对他嘶吼：你个白痴，说错话了！

怎、怎么办？前所未有的慌乱顿时席卷了炎褚裀的思维，留下一片狼藉。


呃，怎么办？

大声哭闹，给炎褚裀一个耳光？

苏子莫撇过头，死死地盯着窗外的天，愣是把眼泪通通逼了回去，然后转回脸，继续面对数学。

一片寂静。

惨白的墙壁刺得炎褚裯眼睛发疼。

他想，其实苏子莫要是哭出来他还会好受点。但是，她没有，反倒是前所未有的沉默，清瘦的身躯仿佛能一声不吭地承受所有伤痛。


实在是……装不下去了啊。

苏子莫一点点伏下脑袋，直到完全埋在弯曲的双臂之间，用一种最笨最原始的办法，小心翼翼地下意识地保护自己。

这时候，眼泪才溢了出来。所幸全部浸润在校服袖子里，他看不见。

炎褚裯一向信奉"小爷做过的事，从来就没有后悔过"。但此时，他忽然觉得，自己那光鲜的骄傲自负，被撕开了一道口。


"继续说接下来的题吧。"

苏子莫重振旗鼓，拿起钢笔，俨然一副要与数学血战到底的架势。可窗外投进的余晖，却还是在她脸上勾勒出那么明显的悲伤。

"其实……"

"说题吧，是不是要作辅助线？"苏子莫盯着题目，觉得心口那道汩汩流血的口子在阴暗昏沉的环境下被迫提早结痂。

"苏子莫，刚才的话我……"

"切，没关系的。女汉子是不会在意的啦！"苏子莫冲炎褚裯拼尽全力挤出一个绚烂礼貌的笑。

但是，笑容后的落寞，他定是看不见的吧。

# 第十七卷 Hey，殿下，我喜欢过你

你为什么想当学霸？本着中国人爱凑热闹的本性，苏子莫也写了条回复：担心有一天跟男神表白的时候，他的拒绝会是："何必呢，我们之间隔了一张A4纸的距离。"所以苏子莫常常幻想：有一天，当自己稳霸了第二的宝座后，趾高气扬地走到炎褚裥面前，把排名表一亮："瞧见了吗？按距离来说，咱俩最适合在一起。"

写完作业，苏子莫长舒一口气，脚丫子豪爽地搭在课桌上，翻开一本新的言情小说。

看着看着，兴趣渐渐熄灭，把书摊着往脸上一盖，却格外清醒。

以前她总看不起小说里灰姑娘面对心动的王子时，那多多少少的怯懦与敏感。但现在，她突然有了莫名的同病相怜。

本就含着金汤勺出生，锦衣玉食，千般宠爱，他还缺什么呢？所以当卑微自强的灰姑娘出现在他生命中时，他最大的感受就是"新鲜"吧。

而所谓最后"幸福地生活在一起"，也不过是王子敞开了城堡富丽堂皇的大门，对那个让他倍感新鲜的灰姑娘居高临下地施舍："嗟，来吧。"

爱，她有什么值得他爱？就因为她像一株坚强的仙人掌，让那个自小只见过千娇百媚的王子耳目一新？

那这份爱，也未免凉薄似纸了。

走进熟悉的校园，身边来来往往的同学都飞快地走向各自的教室，奔向那个能铸造美好未来的摇篮。

炎褚裯锁好自己的自行车，走到教室门口，竟碰见了趴在阳台上晒太阳的苏子莫。

"罚站呢？"下意识地，他开了口。

"补钙呢。"苏子莫自顾自地说道，也懒得回头，心里暗想，考神君不知道晒太阳能补钙吗？

"哼。"炎褚裯抿着带笑的薄唇，懒散地从鼻腔里哼出一声笑意。待苏子莫慢吞吞回头的时候，进入视线的，只有半掩的教室门。

因为濒临期末考，整个北淮中学的气氛都紧张起来。

学校就像是一根试管，氢氧化钠溶液中加入了硫酸铜溶液，在分子们激烈运动的同时，迷茫不前的苏子莫，就像那静止在试管底部的蓝色沉淀。


"老妹，让咱们来探讨一下你的志向。"眼看着就要期末考了，许堇芍伏案刷题，苏子莫还在托腮迷茫。

"考一中……最好的班。"所谓最好的班，也就是许堇芍此时身处的理科实验班。

"考一中简单，只要中考分数超过一中的'统招线'就可以。但是，你知道真正进实验班的流程吗？"

苏子莫惊讶地睁大眼睛，摇摇头。

素来只知进一中就是走独木桥，苏子莫一直傻傻地以为只要平安无事地走过这桥，理科实验班的大门就对自己轰然敞开。

"中考结束后，全市排名，全市前十的学生可以直接进入理科实验班，就此高枕无忧。

"除去他们之外，接下来全市前一百名（共 90 人）有资格参加一中专门设立的选拔考试。最终按选拔考试成绩排名，前四十才能进入理科实验班——也就是说，在这场选拔考试中，有五十人会被刷下来。"

许堇芍语气沉重，一场腥风血雨的生死战伴随着她的讲述，徐徐展开。


苏子莫更是惊得目瞪口呆。

许堇芍嫣然一笑："除非你有十足的把握考全市前十，不然就好好准备那场比中考还残酷的选拔考试吧。"

苏子莫只觉得惊心动魄，竟然是这样……残酷！

"就没有别的办法进理科实验班了吗？"比如说请校长吃顿饭、送点红包什么的？

许堇芍思索了一阵："有啊，比如说有的学生刚开始就读于平行班（普通班），但接下来成绩独占鳌头，也可以破例中途转入理科实验班——老妹，你还是别考虑这条路了，因为，太险了。"

"但，老姐，我真的没信心中考全市前一百啊！估计连参加选拔考试的资格都没有吧！"苏子莫手忙脚乱，急得满头大汗。这是第一次，她深深地意识到自己心驰神往的未来，离自己那么远。

许堇芍爱莫能助地拍拍苏子莫的头："其实还有一种办法。"

"嗳？"苏子莫抬起头，可怜巴巴地眨着纯良澄澈的眼睛。

"在你初三的时候，会有数、理、化三科的竞赛。任意一科拿到一等奖，保送一中理科实验班；拿到二等奖，不论中考排名，一律有资格参加选拔考试。"

又、又一条进理科实验班的路？

苏子莫的小心脏开始扑通扑通地乱跳，细细咀嚼许堇芍的话。嗯嗯，得一等奖估计不大可能，二等奖的话……说来说去还是得参加选拔考试啊？！

永远把心思写在脸上的苏子莫，自然被许堇芍读透了烦恼："没事儿，若是你竞赛都能得奖，选拔就不用怕了——虽然，竞赛可以任你挑着考，选拔是三科都得考。"

"我要开始为竞赛准备。"苏子莫仰起脸，坚定地看着许堇芍。

虽说她自己都觉得不太靠谱，虽说听上去难度远远凌驾于中考、选拔考之上的竞赛考貌似是最凶险的一条路……但是……好歹可以任挑一科考啊。好歹，比起变数太多的中考，这是苏子莫眼下唯一能抓住的救命稻草。

许堇芍十分满意苏子莫从迷途羊羔到有志少年的转变，问："那你想好要专攻哪科了吗？"

教辅书店。

"那本……那本，还有那本不要，剩下的麻烦都装起来。"

苏子莫把书架上化学、数学的《竞赛教程》指出来，接下来成沓的《物理竞赛教程》无一例外被装进了她的书包。

许堇芍嘴角抽搐："我要不要告诉你一个惊天动地的秘密？"

"什么？"

"物理竞赛是公认最变态的考试。"许堇芍实在不忍心打击苏子莫的积极性，目光里闪烁着"劝浪子回头"的苦楚。

苏子莫的眼睛里仿佛闪烁着点点亮光，老姐，你怎么不早说？

再低头，那鼓鼓囊囊的书包正向她宣告，上了"贼船"，回不了头了。谁让苏子莫偏想当"贼"呢？

"没关系，我喜欢物理。"抹一把辛酸泪，苏子莫决心要开始奋斗了！

一直以来，苏子莫向往的都是那种童话——

有一天，当奋斗过、努力过、成功了的灰姑娘再次站到高傲的王子面前时，她已然优秀得可以与他比肩，她可以平视着他说："Hey，殿下，我喜欢过你。"

至于最后是否"幸福地生活在一起"，不重要了。那段青涩却厚重、让灰姑娘改变自我、涅槃重生的感情，本身就已是故事最美的风景。

当然，脑子里想得很丰满，现实还是很骨感。

对苏子莫而言，眼下，还是先数一数到底买了多少本《物理竞赛教程》！


某间宽敞明亮的书房内。

关上《数学竞赛教程》，炎褚裥向后一倒，就仰面躺在了柔软的毛绒地毯上——终于要开始刷物理的题了（学霸术语"刷题"：指大量、高效地做题目）。

他眍着眼，盯着天花板，想起前两天安小藤来玩时，对他穷追不舍地追打："考神君！你竟然数、理、化三科竞赛题兼攻?！太变态了。诶，你这是把最好的未来都捏在了手里啊！"

"最好的未来"，是他想要的未来吗？凭什么大人们规定了一个理科实验班，大家就要争着抢着往里靠，还将其奉为是最好的出路？

凭什么，就此让他活得不像一个有血有肉的少年，反倒是一个众人争相模仿的典范？

奇怪，这时竟会突然很想一个人。想看见她，想向她道歉，还想对她说："我在刷题，你呢？"


神啊，这世上怎么会有刷题这么耗脑力的勾当？

脑内经过一番浩劫，苏子莫刷题时已然渐渐感到力不从心，放慢了做题速度。于是乎，在云卷云舒、星移斗转的某个瞬间，苏子莫和炎褚裼同时落笔同一道题。

这是一道研究水沸腾的实验题，实验过程是要对水进行计时加热。

除图中所示器材外，还需要的实验器材有火柴和——。

炎褚裼当机立断，不假思索地写下了正确答案——"秒表"。

而苏子莫呢？她历经各种"我怎么觉得不缺实验器材啊"的纠结与苦恼，猛地恍然大悟，填下了称心如意的答案——"火柴盒"。

图中没有火柴盒，就没法点燃火柴、没法对水加热，对不对？！诶，太聪明了没办法。

物理课上，炎褚裼一下一下地打着瞌睡，忽然一个激灵清醒过来，抬头看一眼黑板，自言自语道："呼——还好这么简单。"

苏子莫经过一番认真听讲，也在心底来了句："嗯，还好我也觉得简单。"她的嘴角，勾起心满意足的微笑，忽然觉得，自己心目中美好的未来……似乎没那么远了。

下课，《物理竞赛教程》摊开放在桌上，苏子莫盯着它，心底衍生出一种和炎褚裼讨论一下题目的冲动。但是，想想那声"麻烦"，算了吧。

耳边传来走廊上稀落的疯闹、欢笑声，眼看着即将步入初三，连"玩"都成了一种可望而不可求的奢侈。

苏子莫一动不动地盯着书胡思乱想着，丝毫没有留意到原本还算喧闹的教室貌似安静了一点，直到——

"哪道题？"

苏子莫循声转脸，就看见炎褚翊神情专注的侧面。

她竟一直没发现考神一手撑着她椅背，一手撑着她桌角的姿势维持已久，吓得她再不敢乱动，赶紧坐正，一时慌张，手都不知道该往哪儿放。

"'哪道题'？"苏子莫懵了，一时半会儿没理解炎褚翊的意思。

炎褚翊鄙视地看了苏子莫一眼，说："哪道题不会？"

苏子莫手忙脚乱地翻页，炎褚翊面无表情："这么说来，刚才那页没不会的题，你一直在发呆？"

"你哪只眼睛看见我在发呆了？我在思考。"苏子莫不甘示弱地回敬道，一副"姐的世界你不懂"的架势。

纸张翻转，炎褚翊忽然看见一道熟悉的题，题目很熟悉，但是苏子莫填的答案他陌生至极——"火柴盒"？！

"噗——"

苏子莫回头，就见炎褚翊憋笑憋得脸色通红，边笑得肩膀狂抖，边伸手难以置信地重新翻开那一页。对，没错，真的是"火柴盒"，哈哈哈……

苏子莫震惊了。在她眼里，炎褚翊一向是个很淡定的人，为什么一碰见她就总是不那么淡定？

周末，苏子莫一手撑着下巴，一手操作鼠标浏览北淮中学的"贴吧"。

她原本百无聊赖、满面倦怠，却被一条帖子引得眼前一亮：你为什么想当学霸？

当机立断地点开，就见这帖子挺热门，回帖的人不胜枚举，想当学霸的原因也是五花八门。

本着中国人爱凑热闹的本性，苏子莫也写了条回复：担心有一天跟男神表白的时候，他的拒绝会是："何必呢，我们之间隔了一张A4纸的距离。"

壮哉，咱北淮的排名表！

"何必呢，我们之间隔了一张A4纸的距离。"

这番话出自当初班花表白时，炎褚祤不紧不慢地掏出了排名表，边说边一本正经地比划了一番A4纸的最顶端和最低端。

所以苏子莫常常幻想：有一天，当自己稳霸了第二的宝座后，趾高气扬地走到炎褚祤面前，把排名表一亮："瞧见了吗？按距离来说，咱俩最适合在一起。"

嗯，幻想很性感，现实很骨感。

正当苏子莫兴致勃勃地浏览着各式帖子时，刚才那个"你为什么想当学霸"的发帖者忽然发来一条消息："在干什么？"

嗳？

苏子莫瞪大了眼睛，同时一颗小心脏扑通扑通乱跳起来——难道这就是传说中的"搭讪"吗？

嗷，茫茫回帖者中，此人竟选中了我作为搭讪目标？缘分喂！

"刚看完你发的帖子。"

苏子莫这样回道，然后心里开始各种纠结：此人找我搭讪是什么意思？

"看见你的回复了。复习完了吗？"

不过一会儿的工夫，新消息又来了。

苏子莫暗暗赞叹：这人打字真快。但是，为什么要关心我复不复习的问题呢？

"还没开始复习。"乖孩子苏子莫老老实实地回答，不过很快她就后悔了。

"去把概念从头到尾看一遍。"

咕咚。

苏子莫猛咽了一口口水，这句话怎么有点熟悉呢？等等！

一种不好的预感油然而生。她颤颤巍巍地用键盘敲道："你哪位？"

于是乎，不一会儿，几个醒目的小字出现在了屏幕上："你说呢？"

貌似是谁说过，此时无声胜有声。

午饭时间，食堂里，安小藤调遣着浑身的幽默细胞在逗一群女生开心。正被考神君逼着背概念的苏子莫被邻桌爆发出的笑声引得频频回头。

"……其实你们别看炎褚翊在学校里挺'闷骚'的，平时我们在一起玩的时候就属他鬼点子最多，知道为什么吗？"尾音上扬，话题还是妹子们最在意又最无法矜持的"考神君"，自然是吊足了胃口。

苏子莫的目光情不自禁地落在安小藤身上，全神贯注地听着他说话。炎褚翊低头吃饭，却好似充耳未闻。

"正所谓'蒹葭苍苍，白露为霜'，谁让他闷骚的时候身旁没有个'所谓伊人'呢？偷偷告诉你们啊，咱们考神君有个青梅竹马，两人眉来眼去已久。所以咧，妹子们，把注意力转到我这个还名花无主的纯情美少年身上来吧！"

苏子莫华丽丽地把饭喷到了数学书上！

"哈哈哈……考神君原来你不是 gay（同性恋）啊！"

扶着桌子，笑得上气不接下气。

炎褚祤无言以对地看着眼前的苏子莫，"笑点何在？"

"还、还青梅竹马……这么浪漫的事情竟然出现在考神君身上，实在是太……太不可思议了哇，哈哈！"

乍一看，她笑得肆无忌惮，其实除却刚开始被安小藤滑稽的模样逗乐了以外，所有的欢笑，都是凭借非凡的毅力装出来的。

洒脱如她，当然不愿让他知道一些事情——比如说，她背概念的时候其实在听安小藤耍宝；比如说，她其实一点都不喜欢"青梅竹马"的那个笑话。

"苏子莫，你的愿望是什么？"

"唔……好好学习，天天向上，有美好的未来！"

其实所谓美好的未来……就是有你的未来。因为我不知道，如果有一天你不在，阳光还会不会这般温柔若海；还会不会有人在我做数学题的时候走过来，拿起笔，说：

"笨死了，明明这么简单。"

在心底无数次编织的对白，兴许终有一天会随着少年的打马而过，而悄然沉底于时光的断河。

# 第十八卷 心有小鹿兮，怦怦乱撞

　　他觉得自己再不复当初那般冷静了，明明对自己说：没关系，大不了到新学校后跳级、跳级、再跳级，拼尽全力赶紧毕业后回来，她应该还在……可是，他却莫名地有一种预感，她凭什么等他？他这一走，两人以后便是形同陌路了。

"褚祤，最近在学校跟同学相处得还愉快吗？"

晚饭，妈妈往炎褚祤的碗里夹了一块鱼肉。白嫩而细腻的鱼肉浸润着醇厚的汤汁，看得人垂涎欲滴。

再一次，他莫名其妙地想起了那个写"火柴盒"的家伙，不由得一笑："挺好的。"

妈妈老练一笑："那就好。课程呢，还顺利吗？"

"初中课程于我而言，向来简单。"炎褚祤收敛笑意，心中大概猜到了妈妈的意图。

"……褚祤，爸爸妈妈只是想给你营造更好的条件，我们希望你拥有更好的未来。"

"呵，真好听。可是为什么从来没有人关注过我想要的'未来'？"炎褚祤俊逸的面庞仍旧绽放着温顺的微笑，眉眼间的悲伤却是无法抑制地汹涌而来。

父母虽皆是面不改色，却仍是暗暗一惊，没料到他竟会说出这样的话。

"不用担心，我会顺着你们安排的方向一步步走下去。反正，我顶多不过是个'优秀的炎家长子'而已，我会演好这个角色的——我吃饱了，你们慢用。"

他放下碗筷回房后，餐桌陷入了一片沉默。

许久，妈妈叹气："这孩子有自己的个性，和你当年一样。"

"当年他爷爷有放过我吗？"爸爸慢条斯理地舀起汤，淡然道。

"当年你逃了。"妈妈终还是心疼炎褚祤的不乐意，因而有意劝说丈夫。

"所以他想都别想。"

逃？呵，他不能让儿子走他走过的弯路。


炎褚袇靠坐在卧室门边，平静地听着楼下父母的谈话。

他想起小时候养的鱼……

安小藤说："好漂亮，我们把它红烧了怎么样？！"

那时他甩过去一记白眼："白痴，要清蒸。"

他至今都记得，那鱼在水中游曳，安静地聆听着自己的命运。

转学呵。

远走他乡呵。


砰、砰、砰……

操场上，篮球在少年间激烈地传递，汗水挥洒，阳光迸溅。

"说吧，什么事？"安小藤率先开口。

炎褚袇伸臂抖腕，篮球在空中划出一道优美的弧线，晶莹的汗珠顺着白皙的肌肤淌下："怎么问这个？"

他还不知道该怎样跟安小藤描述昨晚饭桌上的谈话。

"他们决定要把你送走了？"安小藤竟然如此明白，炎褚袇不由得惊讶地看着他。

"看我作甚？那天他们交流过这个问题，你不在，我替你留神听了。"安小藤答得理所当然。

炎褚袇无奈地摇头苦笑，原来被蒙在鼓里的就他一个。

"怎么不早点跟我说？"

"前天的事，没想到他们那么快就跟你商量了。"

"不然呢？"

"我还以为他们会直接把你敲晕，绳子绑紧，罩个麻袋直接送走！省得你小子事儿多。"

炎褚翙有一种把篮球拍在安小藤头上的冲动，又猛地想起更重要的事："那你呢？"

安小藤哀怨地看着炎褚翙："他们是想把咱俩装箱打包，通通送走——但是，哈哈，我抵死不从！"说着，他笑得直拍大腿。

炎褚翙扇开那只拍着自己大腿的爪子，眼神凌厉如刀："我对男的没兴趣。"


咔擦！安小藤听见自己自尊心碎裂的声音。考神你的意思是我对男的有兴趣吗？！

正欲还击，忽然想起什么，问："语文课代表呢？你对她，感兴趣吗？"

咔。

安小藤叩开了一罐汽水，听见二氧化碳气泡挣扎折腾的声音，却迟迟没听见考神君的回应。一扭头，就见炎褚翙出神地盯着天空，喉结上下翻滚了一下。

安小藤贼笑着推了他一把，语调上下飘忽："矮油——思念就思念呗，还吞什么口水！"

"去你妹夫的！"考神手里的篮球顿时和安小藤的脸来了个亲密接触。

苏子莫叼着铅笔，专心致志地研究着地理书最后一页的世界地图。

一只白净的手忽然闯进视线，在花花绿绿的地图上一指欧洲大陆："这里，挺远的。"

"嗯？"苏子莫抬头一看，是安小藤，他什么意思？

"加油啊，数学期末考你要是考不好，某人就终身抱憾了。"安小藤用苏子莫的地理书毫不客气地拍了她一下。

苏子莫连忙避开地理书的攻击，脸上溢满了信心满满的笑："切，等着看我数学拿全班第二吧。"

"你当咱班那帮'数学奇葩'是摆设吗？北淮只有一个人可以把他们当摆设，你知道那个人是谁的。"安小藤鄙夷道。

"呃，不是我。"苏子莫叹了口气，懊丧地垂下头。

安小藤觉得这丫头甚是通透可爱，伸手敲了一下她脑袋："大课代表，你忘了你'课代表'的头衔前面加了一个修饰是'语文'啊？人各有所长嘛。"

竟然敲得那么理所当然。

炎褚翃瞪着安小藤那罪恶的爪子，捏紧了手中的水性笔，心想，你以为你在欺负自家宠物啊！

"苏爷，从小到大你怎么就对哥没那么好的脾气呢？"

宁堇年看着苏子莫竟然迟迟不惩治安小藤，愁眉苦脸道。

他记忆中那个把人打趴在地上还问"服不服"的泼辣小屁孩仍旧

清晰如昨。当然，大部分情况下，"人"通常指的就是他。

炎褚裐抓住了关键词"从小到大"，心里不禁"咯噔"一下，青梅竹马？

功课闲的时候他陪妈妈看言情剧，十段旷世恋曲中有九段都是青梅竹马。诶，他觉得自己再不复当初那般冷静了，明明对自己说：没关系，大不了到新学校后跳级、跳级、再跳级，拼尽全力赶紧毕业后回来，她应该还在……可是，他却莫名地有一种预感，她凭什么等他？他这一走，两人以后便是形同陌路了。

等等，炎褚裐连忙打断自己的思路，他在想什么？

为什么纠结的主题会是那个笨得出奇的苏子莫？

于是乎，考神君同学义无反顾地陷入了一个更大的纠结漩涡。

把近日的数学卷子在桌上一一铺开，苏子莫傻笑得八颗牙在空气里尽情展露——真是蒸蒸日上啊！

"炎褚裐，炎褚裐！"苏子莫兴奋地转头，正对上考神君无论从哪个角度看都觉得"哇好帅"的容颜，冷不丁……嗯，莫名其妙地就烫了脸。

"嗯？"炎褚裐把视线从书上抬到苏子莫的脸上。他白色的校服T恤领口微敞，随性却不懒散。

苏子莫一愣，完了，想说什么来着？

"没、没什么，就是突然想喊喊你而已。"苏子莫生怕被看出内心的慌乱，连忙笑得一脸无辜，全然不知这句话在考神君的内心搅起了怎样的惊涛骇浪。

继、继续刷题吧！

炎褚祤对自己说。

已知△ ABC……

"没、没什么"。

动点 P 沿……

"就是突然想喊喊你而已"。

嘣——炎褚祤清楚地听见自己脑子里某根弦断掉的声音。好不容易平复了一点点情绪……

"哦，想起来了，"苏子莫转过头，亮出自己的卷子，"我刚才是想说谢谢你！你教的解题技巧好实用。"


苏子莫你这家伙以玩弄别人的心跳、血压为乐吗？！

虽然脑子里全是责怪，但考神君的嘴角，却弯起了一抹他自己毫无察觉的弧度，久久地，挥之不去。


沉浸在自己世界里的他俩没看见，有几道投过来时不那么友善的目光。

就像核电站，高效发电，普天同庆，但总会有意外，核辐射后，丑陋的事物随之而生……

"呵，苏子莫最近考得不错。"

"不看看是谁坐在她后面？"

"期末考时他俩又不在一间考场，苏子莫有什么好嘚瑟？"

"再勾引一个为她赴汤蹈火呗，炎褚祤不是已经上钩了么？"

"期末考作弊的话，下场很惨呢，要是有和苏子莫同考场的人能指证她作弊就好了。"

"嗳，唐筱言，你不是和苏子莫在同一个考场吗？"

闻言，女孩儿露出了无辜且烂漫一笑，可爱的双马尾上扎着明黄色的头花，俨然一副事不关己、与世无争的架势——

但是，刚才邻桌的话，确确实实刻在了她心里。犹犹豫豫，摇摆不定。

下课，苏子莫正跟乔熙九热火朝天地聊着动漫，就听一声呼唤：

"子……苏子莫，过来。"

苏子莫满头黑线地循声望去，就见炎褚裪似笑非笑的神情。唉，她长叹一口气。

"把第六单元的概念都背一遍。"炎褚裪淡淡地开口，面瘫依旧。

咱不背概念了行吗？！

苏子莫噙着一把辛酸泪。刚开始跟着考神君学数学，她本以为考神君会"打通任督二脉"、"传授绝世神功"什么的，好让她在数学的大道上所向披靡、战无不胜！

但是，考神君的理念，貌似一直是要她老老实实背基本概念。

"不。"苏子莫极有骨气地摇头。打死都不背概念，腻都腻了。

两人眼神对峙了约摸十秒，炎褚裪打破沉默："听话有奖励。"

在考神君几近变态的要求下，苏子莫凭借小强一样顽强的毅力，愣是把书上那些加粗字体的概念通通嚼了个滚瓜烂熟——悄悄地说，同样被铭刻在心底的，还有那些关于少年的细枝末节。

直角三角形两锐角互余。

闭目养神、守着她背书的样子说不出的好看，温和的线条吸引着人的目光，从脸颊一直顺着脖颈，戛然而止在微微敞开的领口上。

直角三角形斜边上的中线等于斜边的一半。

正在跟安小藤聊天，抿嘴笑的时候，粲然的弧线在嘴角伸延，脸颊处一个小小的酒窝，载满了少女的心动。

角平分线上一点到角两边距离相等。

微微拧眉，笔尖在纸上飞快划动，一行行有理有据的分析完美地搞定了一道折磨了苏子莫一下午的诡异几何题。

啪。盖好笔帽，眉眼间溢满了好整以暇的坏笑，只一刹那，几何亦美，年华绚烂。


放学，学校门口形形色色的精品店一下子热闹起来。炎褚祤一进去，便听见了一声甜美至极的招呼：

"嗳，炎褚祤。"

"唐筱言，头花挺漂亮。"炎褚祤熟稔地露出礼貌的微笑，笑意虽十分迷人，但却极有分寸。

"啊，真的吗？谢、谢谢……"女孩下意识撩拨头发，双马尾的发型衬得脸越发娇小。

炎褚祤朝唐筱言正在挑选的那个货架走了过去，剑眉星目，看得唐筱言心怦怦直跳，白皙的脸上不禁渲染了一抹红晕。

炎褚祤伸长胳膊，去拿唐筱言面前她正在挑选的水晶球，校服袖子蹭到了唐筱言的鼻尖，酥酥痒痒的，还有一股淡淡的清香味。

唐筱言觉得胸腔内小鹿乱撞，一双漆黑的眸子里闪烁着点点亮光——这距离，太、太近了。

"你们喜欢这个？"炎褚翎摆弄着水晶球，同时心里暗暗升腾起一种莫名的好奇，女生的心思是什么呢？

他是想给我买礼物吗？竟然看见我挑，就走了过来，还询问喜好。

唐筱言脸一下子更红了："更、更喜欢星空投影灯，最近学校里大家都盛行买星空投影灯。"

炎褚翎若有所思，随之莞尔一笑："谢谢。"走到星空投影灯的货架旁，正端详着，就听唐筱言急不可耐地扬手一指："那种，特别炫丽，特别……浪漫。"

察觉了自己的唐突，唐筱言忙补充了一句："你慢慢挑，没关系。"只要是你送的，都喜欢。

炎褚翎淡淡一笑，转身去收银台结账，总觉得身后有一道炽热的目光——呃，唐筱言是不是误会了什么？

此时的他还不知道，他的无心之举，却为苏子莫埋下了祸根……

## 第十九卷 考神君的礼物成祸害

老师在讲台上连珠炮似的讲着一系列的考点。台下，考神君下意识地把手伸进抽屉，白皙的额头起了一层薄汗——该怎么把这投影灯给苏子莫呢？……窗户外，唐筱言冷冷地看着苏子莫从抽屉里拿出了那个盒子——苏子莫凭什么动她的东西？

清晨，上学的路上，一群穿着北淮中学校服、朝气蓬勃的少女正聊着天。

"嗳，昨天我看见炎褚裥进了精品店。"

"喔——"几个女生集体倒抽了一口凉气，除了唐筱言——她嘴角无意识地带着甜美的微笑，鬓边有一枚新买的发卡，显得格外动人。

"不会是给上次和他单挑篮球的那个短发女生买礼物吧？"

"我觉得有这个可能。"

"会不会是上个月和他一块儿参加奥数比赛的那个女生啊？就是留披肩发的那个。"

"和他一块儿参加比赛的女生多了去了，留披肩发的那个长得不怎么样。"

"但是听说她送了炎褚裥一个护腕，两人貌似关系很好的样子。"

唐筱言的嘴角勾起一抹得意的笑：白痴，你们懂什么？


北淮中学的老师们有一大传统"美德"：拖堂。

尤其是面对即将来临的期末考，拖堂已然到达理直气壮、登峰造极的境界。于是乎，教室里时常会出现这样一段对话——

"啊，这节你的课啊？"上课铃打响，某老师推开门，望着被霸占的讲台，一脸呆萌。

"没有没有，这道题快讲完了，我马上让你！"讲台上的老师纯良一笑，丝毫不顾忌台下一群即将因内急憋死的同学们。


炎褚裥用笔戳着下巴，面朝课桌，眼睛却向上翻着，无奈地望着讲台上的老师换了一拨又一拨，却丝毫没有要下课的迹象。

再这样下去，难不成这投影灯就送不成了吗？

政治课的时候，考神君的耐性被耗磨到了极限。

"咳咳。"炎褚裓夸张地清了清嗓子，故作镇定地撑着下巴，死死地盯着苏子莫的后脑勺。

没反应？

炎褚裓压抑怒火，抬高音量："咳咳咳……"边咳边小心翼翼地踹了踹苏子莫的椅子。

炎褚裓还没等到苏子莫的反应，头顶的痛觉神经就发出警报——雪白的粉笔狠狠地把他的脑袋砸得朝旁边猛然一歪！

"咳那么大声，你对暗号呢？！"政治老师大怒，定睛一看，炎褚裓的脚还懒懒散散地搭在苏子莫的椅子上，怒意更甚。

此人是个秃了半边脑袋的老古板，十分严厉不说，还尤其厌恶学生上课开小差。

炎褚裓悔不当初地皱起眉，天不该地不该，万万不该惹了这老古板。

"你还给我不耐烦？出去！"惊堂木（黑板擦）重重一敲，政治老师暴喝一声。

政治课结束后就全是老班的课了，而放学人多眼杂、找不到合适的时候。炎褚裓急中生智，赶紧从笔记本上撕下一张纸条，"刷刷"地写了起来。

"还不出去？！"一种威严被挑衅的感觉油然而生，政治老师的怒火愈烧愈旺。

炎褚裯长舒一口气，盖上笔盖，顺手拿上那张纸条，经过苏子莫课桌的时候，状似不经意地把纸往桌角轻轻一拍。

面对老师仿佛要吃了自己一般的眼神，炎褚裯如芒在背地快步走出教室。

苏子莫心惊肉跳，赶紧把纸条揉作一团抓在手心里，掌心的冷汗浸湿了纸条。等政治老师的表情逐渐温和、继续讲课时，她才一点点展开，就见一行龙飞凤舞的字：

"我抽屉里有给你的奖励，找机会自己拿。"

真的有奖励喂！苏子莫暗暗在心底大喝一声："耶！"

唐筱言注意很久了，那个装着投影灯的盒子，炎褚裯还放在抽屉里。

放学，苏子莫坐在原位，等着大家都出了教室。左顾右盼，确定没别人了后，才蹑手蹑脚地走到炎褚裯的座位，犹豫了很久，弯下腰，就看见抽屉里一个包装精美的盒子。

窗户外，唐筱言冷冷地看着苏子莫从抽屉里拿出了那个盒子——那个明明属于她的盒子。

其实苏子莫很想知道这是什么情况。

此时此刻的她，抱着盒子，背着书包，心满意足地从教室出来，却被人给"堵"了。

根据苏子莫多年阅小说无数的经验，这种气势汹汹地拦人去路，绝对来者不善。况且此时堵她的，是平时压根没说过话的——

"唐筱言？"

"还给我。"唐筱言目光阴冷，死死地盯着苏子莫手里的盒子。

"嗳？"苏子莫愣了。

"最后警告你一次——还给我。别以为我不知道你那些破事。"唐筱言面色冰冷。她本来对苏子莫就没有任何好感，不过是一个勾引男生、甘愿作弊的人渣罢了。再怎么犯贱她不管，但是，苏子莫凭什么动她的东西？

"'破事'？我有什么破事？"苏子莫目瞪口呆。她向来安于单纯随性，哪里看得出此时唐筱言隐隐待发的怒火？

接下来，从四周不知何时出现的几个身影，貌似昭示着接下来会上演电影里常演的群殴戏码。

苏子莫不禁猛咽了一口口水。

"呸！怎么是个女的？你知道我不打女的。"一个男生往地上啐了一口口水，裤腿挽到小腿处——这是北淮中学不良少年的招牌标志。

"'女的'？呵，哪有她这么贱的'女的'？放心下手吧，为民除害。"唐筱言的双马尾可爱依旧，让人完全没法把她和一切恶毒联系在一起。

曾经有个伟人教导过我们：三十六计，走为上计。

博尔特（短跑冠军），赐予我力量吧！

苏子莫卯足劲儿，朝着岔道口就冲了过去——只要顺着这条路跑到老班办公室，就万事大吉了。

情况紧急，她竟忘了，去老班办公室的途中会经过柯盏他们班教室。

正所谓无巧不成书，当柯盏睡得迷迷糊糊地收书包时，忽然听见走廊上吵吵闹闹的，循声望去，就看见一连串彪悍的场面——苏子莫正玩命狂奔，却无奈被追上，接着使出一招反身侧踢，轰轰烈烈地跟某男生打起架来！

柯盏看呆了。

苏子莫终究是女生，更何况追上来的人一插手，苏子莫很快落了下风。

柯盏分明感觉到有什么东西在胸口澎湃地奔腾着。下一秒，他毫不犹豫地提起一张椅子冲出教室，挡在苏子莫前面，二话不说先劈头盖脸地砸到对方头上："你们再敢动她试试？！"

眼看着场面貌似暂时稳住了，柯盏连忙转身，俯视着苏子莫惊魂未定的圆脸。

夕阳西下迷离的光辉投在苏子莫脸上，柯盏不禁咽了咽口水——气氛怎么那么好呢？

两个人眼神各异地对视着，就在柯盏准备说点什么的时候，苏子莫猛地把他往旁边一推，抬腿往扑过来的某男生身上发狠一踹。

"跑！"

苏子莫冲柯盏大呼一声。一起狂奔于走廊上，柯盏以腿长的优势渐渐跑到了苏子莫前面，心猿意马地回头看了一眼，脑子里忽然浮现出一个画面——电影里男女主角携手私奔的画面。

狂奔也有了，追兵也有了，就差……携手了啊。

就在柯盏的手小心伸出、即将触到目标时，一个叉着腰的女子出现在前面——此女身着修身短旗袍，脚踩黑色高跟，曲线饱满撩人。

祸不单行啊——此女正是号称北淮第一"杀手"的副校长！

苏子莫和柯盏极其默契地在第一时间转身狂奔，后面的不良少年们何其聪明，见情况不对，早就逃之夭夭。

"站住。"女子化着精致的淡妆，樱桃小嘴嫣红如醉。

不良少年们经验丰富，知道这时候千万不能停下，一停被抓住了准得进办公室"喝茶"。

可苏子莫哪见过这种世面？副校长一开口，她立马停下脚步，耸肩低头。

柯盏发觉身旁不见苏子莫，顿时皱起眉头，毫不犹豫地再次掉转方向，大步向前，半个身子下意识挡在苏子莫前面。

"放学铃半个小时前就打响了，你们还在走廊上撒野乱跑？"女子走近，打量着柯盏和苏子莫此时微妙的站姿。

苏子莫的下巴都快埋进胸口里了。她大气都不敢喘，丝丝缕缕的香水味钻进她的鼻子里，小心翼翼地抬眼，却正对上女子俯视的目光。

由于身高劣势，苏子莫单从气场上就溃不成军。但身高足有一米八的柯盏视野则完全不同，不经意间放眼，就看见……呵呵，副校长您身材真好。

快看快看。

急切地想要分享这等眼福，柯盏用手背碰了碰苏子莫的手。这一幕，却被女子捕捉了："北淮的校规里写得很清楚，不准早恋，我没记错吧？"

见这俩不为所动，女子皱眉："走。"

就在她转身的瞬间，柯盏迫不及待地小声对苏子莫说："好大啊，你看见没？"说着，两人转身就准备回家。

女子一挑眉："听不懂？跟我走。"

唉，虽然不用被群殴了，但还是得去趟办公室啊。


女子的背影亦十分好看，那白皙若雪的脖颈，那露而未露的香肩，那可堪一握的细腰……神啊，原谅柯盏吧，他只是个青春期且生理正常的少年。

而苏子莫呢，她一偏头，就看见柯盏脸上那抹熟悉的红晕。再看看走在前面的女子，苏子莫顿时明白了什么——绝对又在想不健康的东西！

满腔正义的火焰，她学着柯盏刚刚那样，用手背狠狠地撞了撞柯盏的手。

柯盏惊讶地微微侧脸。看着苏子莫脸上的愠怒，他若有所思，忍俊不禁地指了指苏子莫的胸口，然后夸张地仰天大笑。

苏子莫一下子明白了这混蛋指的是什么，流氓！她下定决心，永生永世不跟这家伙来往，猛地朝旁边挪了一步，有意保持距离。

从副校长办公室出来，顺便被灌了满耳朵的谆谆教诲，两人都惆怅地回味了一番。

苏子莫说："越听越有道理。"

柯盏说："越看越大。"

然后柯盏就悲伤地发现，这个刚才和他一块儿御敌、一块儿逃命的苏子莫，又不理他了。

苏子莫大步流星地向前走去，心想着一定要把柯盏甩得越远越好！

"喂，你干吗躲我？！"柯盏跑上前小心翼翼地拽住苏子莫的袖子，满脸焦急。

"干吗不躲你？"苏子莫答得理直气壮。

柯盏气得倒抽一口凉气，"刚才明明是我救了你好不？"

"你就只记得这个？"回忆起刚才的情景，苏子莫又气又恼，满脸通红，"那你刚才耍流氓你怎么不说？"

"耍流氓？"柯盏愣住了。


"你……你刚才……"苏子莫语无伦次，用手焦急地比划着，柯盏却是看懂了："我哪有嘲笑你的胸围？"

自己支支吾吾、羞于表达的话竟被这么直白地说了出来，苏子莫脸更红。

"我刚才想提醒你看……"说到这儿，面对苏子莫怒意犹存、却稚气未脱的脸，柯盏忽然罪恶感飙升，说不下去了。

"看什么？"

"没……没什么。"柯盏把脸别开，低声道，"反正不是嘲笑你的胸就对了——你又没有胸。"

"滚。"苏子莫毫不犹豫地在柯盏的脚上踩了一下，转身离去。


望着苏子莫的背影，柯盏疼得直跳脚，暗道委屈，说："你怎么就骂我'流氓'？男生脑子里装的就这些，你不知道啊？"

　　"别把别人想得和你一样龌龊！"

　　脑子里浮现了某人说过的话，还有某人干净得没有一丝瑕疵的面容。


　　呵，"别人"？

　　柯盏透过开了口的拉链，看见苏子莫书包里一个精美到刺目的包装盒。

　　他原本玩世不恭的表情越发冰冷。

　　当真是不一样的……别人。

# 第二十卷 那年豆蔻，最美和最丑的事情

　　本是一个平凡得毫无征兆的午后，本是淡若白开水的心境，下一秒，却听见一句："这么巧，原来你也在这里"。她的世界，石破天惊。直到很多年后，苏子莫都始终相信，此谓那年豆蔻，最美的事情。

唐筱言思量着怎样委婉地跟炎褚裥提起投影灯的事情。上课的时候，她看见一张纸条在炎褚裥和苏子莫的课桌之间传递。

鬼使神差地，放学后，她一步步朝那个苏子莫刚扔过垃圾的垃圾桶走去，然后不费吹灰之力、趁人不备捡起了一团被揉皱的纸团，稀里哗啦地展开。

谢谢啊！：–D
哦。
你怎么知道那款投影灯最近很热门？今天咱还背概念吗？
专心听课。

唐筱言精致的脸上挤出一丝讽刺的冷笑，心口被划开一条伤口，汩汩流血，使得呼吸都成为一种带着血腥味的痛。

冰凉的双手把纸条撕碎，脸上笑意愈深——生活挺愉快呢，但我一点都不想你好过，懂吗？

凭什么痛的是我？一切都是你自找的，是你活该的。
你会遭报应的，苏子莫。

说实话，苏子莫有点忐忑不安。

望着书桌上的星空投影灯，心里五味陈杂——这不是一个一般的投影灯，这是堂堂北准考神君送的投影灯！这么想着，连看投影灯的目光仿佛都多了几分崇敬。

啪。
轻轻打开电源。

原本昏暗单调的天花板霎时满目星辰，就仿佛轰然敞开了另一个世界的大门。苏子莫仰头痴痴地望着，望着那个世界遥不可及的繁华。

如此耀目的灯，让她失神地想起了那个如此耀目的人。

从小和男生疯玩长大的她，一贯自诩"我知爷们儿心"，但此时此刻，她感觉自己仿佛掉入了一片漫无边际的迷茫中——忍不住去揣度某人的心思，却又如履薄冰，生怕恍然大悟，却只是掉入了一个让自己绝望痛苦的冰窟。

但仔细想来，她有什么理由多想呢？这投影灯的来路是如此光明正当、名正言顺——好好背概念的奖励。

这盏投影灯，代表的，真的只是奖励吗？


啪。

再次按下开关。

毫不犹豫，她是如此坚定地决心关掉一片心驰神往的星空，掐灭一段本不该被点燃的情愫。


人是一种很纠结的生物。

比如很多人明明怕鬼片，还要硬着头皮看。

比如苏子莫明明知道有些事情不可能，却还是义无反顾地抄起笔疯狂学习，时不时，重重地一敲桌子："我会赶上你的……等我。"


"姐，你在哪补化学？"

自从知道了炎褚裪和许堇芍在同一个地方补化学后，苏子莫下定决心走上一条前程未卜的路。

"加油。"许堇芍神情郑重,望着苏子莫的目光别样复杂。

接着,苏子莫当机立断和该补课老师来了一次通话,通话内容包括两大核心思想:我想去您那儿补化学;我是许堇芍她妹。
"周六下午一点来吧,考张卷子测一测你的程度,再做决定。"

于是乎,这次通话愉快地结束了。
不幸的是,两人都有些误解。
苏子莫自学了第一章,觉得"测程度"什么的还是很有底气的啦;老师觉得苏子莫应该把第一本书都自学完了。唉,谁让她一开口就说自己是"许堇芍她妹"呢?

我刚才和老师联系了,已自报家门——"许堇芍她妹"。

苏子莫飞快地给许堇芍发了条短信。

许堇芍也回得飞快：顶着这个称号可别为非作歹，好好表现，别丢姐姐的脸！


苏子莫觉得许堇芍真是料事如神，许堇芍才交代完"别丢脸"，星期六苏子莫就华丽丽地丢光了两人的脸。

总的来说，这是什么玩意儿？

这是苏子莫拿到"测程度"卷子的第一反应。

接着，她仰起脸，纯真无邪地对老师说："老师，我不会做。"


老师的表情可谓是丰富多彩——

"你怎么可以不会做?！"这是写在她抽搐的嘴角上的。

"你可是许堇芍她妹啊！"这是涵盖在她悲伤的目光上的。

一句话就是："我们没有进度更慢的班了，你初三再来吧！"


壮志未酬，仿佛被泼了一盆冷水的苏子莫失魂落魄地出了补习班大门。

苏子莫是这么轻易就被打倒的吗？

深吸一口气，天空飘来六个字：这都不是事儿！

迈着激昂的步伐，苏子莫走到了电梯口，按下"↓"键，不一会儿，电梯门打开。


一抬眼，他便看见正盯着自己脚尖发呆的苏子莫。

本是一个平凡得毫无征兆的午后，本是淡若白开水的心境，下一秒，却听见一句：

"这么巧，原来你也在这里"。

她的世界，石破天惊。

直到很多年后，苏子莫都始终相信，此谓那年豆蔻，最美的事情。


苏子莫想营造一个淑女的形象，于是下意识地模仿电影里女主角惯用的动作——挠后脖颈。

哪里知道，人家做这个动作流露出的是无限温婉，苏子莫做这个动作就说不出的怪异——活像恐怖片里扶着断颈的僵尸。她扯起嘴角："嘿，早上好。"

炎褚祤头也不回，进了补习班大门。苏子莫埋头看了一眼表——下午两点整。

苍天喂——

苏子莫真想表演胸口碎大石，刚才自己傻笑着说"早上好"的样子，落入炎褚祤眼里，一定傻到翻泡儿了。


电视屏幕上花花绿绿地闪过热播的电视剧，袅袅的烟尘自双指间冒起，一双浑浊的眼睛在厚厚的镜片后一动不动。

"姥爷，别抽烟了。"苏子莫换下鞋，习以为常地劝道。

"有些事情是不可能的。"姥爷掸了掸烟灰，布满皱纹的脸上写满了固执与坚定。

苏子莫一愣，转头，却见姥爷仍专心致志地盯着电视屏幕，似乎并未与自己说话。

"年轻嘛，觉得只要努力，就没有不可能。但很多事情就是命，命里注定了的，你想也没有用。"说到这儿，姥爷享受地吸了一口烟，用一贯优哉游哉的神情看着苏子莫。

命里注定了的，你想也没用。

就仿若一把铲子，铲起一堆碎冰，毫不客气地揉进了苏子莫的骨血里，顺着血脉一点点遍布全身。

奇了怪了，炎褚祤的脸竟然一瞬间从她的脑海里闪过。

苏子莫摇摇头，发现自己想多了，转而一笑："不想戒烟就不戒嘛，还扯人生大道理。"

坐在姥爷身边，爷孙俩一块儿心境各异地看电视。

"呼——"姥爷吐了一口白烟，忽然若有所思，"也有些事儿，看上去是不大可能，但说不定……"他掸了掸烟灰，一脸笃定地看着电视，"真能成。"

苏子莫目瞪口呆："姥爷，你又下定决心要戒烟啊？"

中午，学校食堂内。

苏子莫因为跑步速度远不如人，炎褚祤吃完饭足足半小时后，她才出现在教室。

"北淮中学的人怎么都像饿了五百年没见过饭似的？抢都抢不到。"苏子莫气急败坏地揉着酸疼的腿，喋喋不休地抱怨道。

"布置的例题做完了？"炎褚祤低头玩手机，懒洋洋地询问道。

苏子莫的气焰一下子就灭了："还……没有。"

一抬头，见炎褚祤玩手机玩得开心，不由得咬牙切齿——神啊，你怎么可以这么不公平？

说到炎褚祤玩手机，曾在北淮掀起过一阵不小的风波——

都说人言可畏，那阵子流传着一个消息：考神君为什么那么优秀？因为人家走路都在学习。

直到有一天，这个消息传到了炎褚祤的耳朵里。

"考神君，你果然走路都在学习！"说话的人一脸被伤到自尊的悲痛，活像把妻子捉奸在床的丈夫。

炎褚祤不解地皱起眉头，坦坦荡荡地一秀屏幕上绚丽的画面："我只是在玩游戏练级。"

"你也在补化学？"炎褚祤状似不经意地问了一句。

好吧，一语戳中苏子莫脆弱不堪的自尊心："唔，也许要在那儿补吧，其实我眼下更想补补物理。"转移话题是必要技能。

"我觉得你的数学更不堪一击。"炎褚祤毫不客气地批判道。

苏子莫自顾自地解着例题，一本正经："反正有你。"

炎褚祤也十分坦然地接受了表扬，检查了苏子莫的作业，笑意流转："当然，经我指导，连蒙题都蒙得这么有水平。"

明明是表扬，考神君你能不能收敛一点你的讽刺之意？

"翻开书，继续记概念。"炎褚祤成就感满满，发号施令。

时间真是个奇怪的东西，静则若瘫痪，动则若癫痫。苏子莫一脸文艺少女的范儿捧着下巴，十分不文艺地想道。

明天，就是数学期末考试了。

而炎褚裥，默默地看了一眼手表，再默默地看了一眼坐在前面的姑娘，叹了口气。这样的韶华，已寥寥无几——两个月后的他，就已身在地球另一端的土地。


哗哗哗。

期末数学考卷从前往后传，苏子莫习惯成自然地咽了口口水，心脏扑通扑通乱跳，下意识地想趴在桌上装死睡觉——但是，想想考神君这阵子的辛苦指导，对自己说：苏子莫，加油啊！

卷子到手，白花花的一片，看得人头晕目眩，强迫自己镇定下来，读题！

读着读着，顿觉热泪盈眶——苍天啊大地啊，我竟然都会。

壮怀激烈地抄起笔，"刷刷刷"地答题，脑子里已然欢腾一片——我爱你们，数学、概念、考神君！


考完试后，整个学校都沸腾起来，大家都叽叽喳喳地讨论着各自的话题。而这时候，老班办公室的门却被推开了——

"报告老师，有人作弊。"唐筱言白净的面容格外清秀，一向温婉的性子更是给人安稳可靠的感觉。


苏子莫觉得哪儿不对劲。

从她回到本班教室的那一刻起。同学们刻意避着她的讨论，还有那莫名其妙的指指点点……愚人节啊？

直到乔熙九慌慌张张地冲进教室，一把扶住苏子莫的肩膀，压抑着声音里的颤抖与惊恐："苏苏，他们说你作弊！"

苏子莫还没反应过来："啊？'作弊'，开玩笑的吧？"

她心想，无稽之谈，没什么大不了的。


就在这时，教室门再一次被狠狠推开，苏子莫回头，就被刚冲进来的宁堇年紧紧地按住肩膀："苏爷，哥信你。"

他的眼神那样坚定，直戳苏子莫的内心，让一片温暖在她的心口化开了去。

"无论他们说得如何煞有介事、神乎其神，你记住，哥都信你。"宁堇年一字一顿地补充道。

乔熙九被他说得太过动情，哭着抱住苏子莫："我跟他们拼命！他们肯定是诬赖，是诽谤！"

太夸张了吧？苏子莫有点不好意思地想，却又感动得说不出话来，只是轻轻拍着乔熙九的背。


老班一进教室，嘈杂瞬时消失。

每次考试后，老班都会交代一些事情，无非是"明天好好发挥，考砸了也别伤心"的陈词滥调，按照惯例说完后大家就各回各家、各找各妈。

但是今天，老班却话锋一转："这场考试中有些投机取巧、自欺欺人的同学，自以为瞒天过海。但是同学的眼睛是雪亮的，老师和同学都不能放任你在这条歪道上越走越远。惩罚肯定是有的，希望你好自为之，不要为此记恨老师和同学——我们都是为你好。"

说着，她把脸对向了苏子莫，神情晦暗不明。

而唐筱言，也在这时回头看着苏子莫，乖巧的脸上布满了友善的关切、悲天悯人的伤感。不少同学也会意地看向她，神色各异。

我们都是为你好。

希望你好自为之。

……


原来诬赖也可以这么冠冕堂皇地出现在课堂，也可以这么名正言顺地从一个学生尊重的老师嘴里喷到这个学生身上。

哗！

少女挥臂将桌上的书本通通砸到地上，望着满地狼藉，无力地一点点瘫坐在地上，掩面哭泣。

苏子莫一向觉得，淡蓝色是这世上最忧伤的颜色。

直到这两天开始预习化学，才晓得，原来人类赖以生存的氧气，液化了后，就是淡蓝色。

# 第二十一卷 作弊？你信不信我

但是考得再好有什么用？无论得到怎样的分数，都会被贴上一张"作弊"的标签，压得她永世抬不起头。

"所以，请那位指证苏子莫作弊的同学，拿出除你那张嘴外的其他证据。非要闹得你死我活的话，我不介意大家一起去调监控录像。"

神啊，我真的……没有作弊。

午夜梦回，一滴眼泪顺着苏子莫的眼角缓缓淌下，反射出一片月光的晶莹。

天一亮就要去学校进行最后一场英语考试。英语呵……她本学期最引以为傲的学科。

但是考得再好有什么用？无论得到怎样的分数，都会被贴上一张"作弊"的标签，压得她永世抬不起头。

作弊者，档案上会留下相关记录，以后大小考试一律站在一旁单独考，所有考试优异者所得的奖励一律与作弊者无关。

她不敢去看炎褚翊。她害怕看见他脸上失望至极的伤痛，害怕他也会同其他同学一样，同情又愤懑地问一句："你作弊？"

若这话从他的嘴里说出，她怕是会被伤得失去最后一丝辩驳的力气。

所幸，还有熙九和董年，能在她成为众矢之的后，哪怕与全世界作对，也要对她说一句：苏子莫，我信你。

天蒙蒙亮，一抹惨白的阳光射入苏子莫的卧房，内心抽痛得几乎麻木，迷迷糊糊地再次睡着前，脑海里只有一句话：炎褚翊，你信不信我？

出门前，苏子莫正在换鞋，妈妈匆忙从厨房奔出来，反复在围裙上抹着手上的水渍，疲惫的脸上露出温暖的笑意："放松考哈，别逼自己，考多少分妈都不说你。"

一股酸楚顿时席卷了苏子莫的鼻头。她把脸撇到一边，深呼一口气。把眼泪硬生生逼了回去。

"妈，如果有人告诉你，我作弊，你信不信？"苏子莫拼尽最后一丝勇气，终于问出了这句话。


妈妈明显一愣，旋即爽朗失笑："你是我一手带大的，你是什么人，我会不知道？"

视线渐渐模糊，苏子莫背对着母亲，哽咽了几秒，说："妈，我爱你。"

以往这句让她觉得肉麻不已的话，此时却十分自然地从她的嘴里说出来。说完，她背上书包匆忙跑走，生怕被妈妈看见自己簌簌而下的泪花。

妈妈独自倚着门站在原地，望着苏子莫离去的方向呆了几秒，低声呢喃："傻瓜，我也爱你。"


来到学校。

没想到经过一个晚上，同学们的议论与鄙夷更是有增无减。

苏子莫仔细一听，嚯，了不起，一夜之间，连她是怎么作弊、什么时间作弊……都有一套头头是道的说辞。

是谁干的？她一点点捏紧了拳头。

她躲在自己的考场，呆呆地坐在自己的座位上，生怕一出去就会巧遇炎褚裪。离考试还有半个小时，周围的同学都在复习，她也把英语书摊在桌上。

啪。一滴眼泪猝不及防掉到书上，在纸上晕开一朵湿湿的泪花。

"喂，外面有人喊你。"

有个陌生的同学敲敲苏子莫的桌子，用眼神示意考场门口。苏子莫一时还沉浸在自己的悲伤里，迷茫地抬起泪眼，就看见模模糊糊一个熟悉的身影站在那里。

鼻头的酸意更甚，一直压抑的委屈也伺机奔腾而来。她捂着嘴，生怕发出声音会影响周围同学复习，只能放纵眼泪在脸上无声地纵横。

"哇，快看快看——是炎褚裀！"

不知是谁喊了一句，然后整个考场的人都抬起了头，所有人的视线都落到了炎褚裀身上。

眼看那丫头没有一点出考场的架势，炎褚裀只好走了进来，手足无措地看着一个劲儿掉眼泪的苏子莫。

快要考试了，你来干什么？

她想这么问，奈何哽咽不已，如何都开不了口，只能硬着头皮把他往门外推。

如果你也是来质问我"你作弊"的话，那就不要开口了吧，拜托——拜托给我留一点点自尊吧。

仍旧哽咽得说不出话，可是所有的话，都写在她闪烁的泪眼里。她摇头、摇头、再摇头，眼睛里写满了渴望得到信任的哀求。

炎褚裀被二话不说推到了门外。苏子莫一头扎回座位，把头埋进胳膊里，妄图不让炎褚裀看见她的悲伤。可她上下颤抖的肩膀，却还是刺痛了考神君内心某处柔软的地方。

不知过了多久，离发卷还有五分钟，苏子莫抬起头，却看见，炎褚裯还站在门口。

四目相对，炎褚裯意味深长地点点头，随后离去。

熟悉的点头，是听写大会时她的鼓励，是此时此刻他的"我信你"。


转身的瞬间，一股前所未有的伤痛攀上了考神君的心口。

昨天刚考完数学，就听见沸沸扬扬的传闻：苏子莫作弊。他对此嗤之以鼻。他知道苏子莫成绩的飞快进步惹得不少人胃酸翻滚，所谓"作弊"，定是谁的信口雌黄而已。

他没想到老班会是那种反应，单凭一面之词就那般恼怒。他原以为自己可以镇定自若地对苏子莫说："理他们作甚？"他原以为凭自己的作证，老班可以相信那个成绩真的属于苏子莫……他原以为很多，却发现自己都错了。

直到今早惴惴不安地来看她，他惊异地发觉——她一哭，他的心就乱了。

他奇怪自己什么时候成了这么有正义感的人，却也懊恼，曾经觉得自己要风得风，要雨得雨，但临到关头，却连作证都不能撇清苏子莫的嫌疑。

"你没和她一个考场，你怎么知道她肯定没作弊？"老班认定了的事情，九头牛都拉不回来，"炎褚裯，'知人知面不知心'。"


英语考试的时候，在监考老师不解的目光中，考神君早早做完了卷子，抱着脑袋陷入了懊恼自责的漩涡。

考完试，出考场时，炎褚裯的手机适时响起。

"喂，炎褚裯，老师过会儿要去开会，到时候全班同学到齐，你就替老师交代一下……"老班噼里啪啦说了一大堆事情，"清楚了吗？"

"清楚了，还有……"

"还有关于某些同学作弊的事情，开学后我再慢慢处理。"说完，老班干脆利落地挂了电话。

教室里，讲台上。

炎褚裯按照老班的吩咐交代假期作业等一系列安排。就在大家觉得该放学了的时候，炎褚裯却脸色一沉："昨天数学考试的时候，有消息称苏子莫作弊。"

唐筱言心中暗暗一喜。原以为老班不在，苏子莫会就此逃过一劫，但如果这惩罚从炎褚裯嘴里说出，苏子莫应该会更伤心吧？

她恬静的脸上露出乖巧的微笑。

炎褚裯，你要干什么？

苏子莫愣住了，呆呆地看着他。

"……苏子莫这几个月来的数学是我在辅导，她能拿多少分，能完成什么样的卷子，我比任何人都清楚。我已和数学老师交流过，就苏子莫最近的表现来看，她不可能作弊。"

炎褚裯说着，冷冷地扫视着台下的众人。

"所以，请那位指证苏子莫作弊的同学，拿出除你那张嘴外的其他证据。非要闹得你死我活的话，我不介意大家一起去调监控录像。好了，各位收好书包、放学回家吧。"

炎褚裥，你怎么……怎么可以违背老班的意思擅自说出这样的话来！

唐筱言愣了，安小藤愣了，宁董年愣了……

苏子莫也愣了。

但随即她的眼中浮现感激的笑意——谢谢你，炎褚裥。

"喂。"炎褚裥扶了扶书包带，"一起走吧。"

苏子莫毫不犹豫地点点头："嗯！"

一想到此时出了北淮中学的校门还有两个月才能再回来，苏子莫的内心，感慨万千。

一想到此时出了北淮中学的校门就再也不能回来，炎褚裥的内心，沉重得无以复加。

路过北淮中学有名的铜像时，两个人都不由自主地停下了脚步，然后苏子莫率先笑出了声："看来传闻是真的——铜像的眼神，真的，好温柔。"

明媚的阳光穿过梧桐细密的枝叶，零碎地洒在铜像身上。而铜像，静静地看着面前的两人，目光温柔缱绻。

校门口的文具店，一排一排五颜六色的货架间，面对琳琅满目的小玩意儿们，苏子莫饶有兴致地挑选着。

就算不回头，她也能猜到炎褚裥脸上那副不可理喻的表情。

"等我一会儿哈！购物是妹子的天性，更何况明天起就放假不能来购物了——哇，看！"

说着，她奔向了一堆花花绿绿的本子，就见淡蓝色的封面印着几个字：时光的味道。

"炎褚祤，你看这个本子的名字好奇怪呢。"苏子莫睁大了眼睛，脸上写满了惊讶，说着，俯下脸嗅嗅本子，接着匆忙抬起脸："真的有香……"

手里的本子却被突如其来一把抽去，不由分说地遮盖在她的脸上。

刹那间，呼吸里顿时充盈着本子上惹人心乱的香味！

嗳，干、干什么？

苏子莫正欲有所举动，本子却已然撤开，眼前，是炎褚祤刻意背对着她的身影。

"怎么了？"摸不着头脑的苏子莫追上去，却见炎褚祤俊逸的脸颊一抹诡异的绯红。

"时、时早……时候不，不早了。"炎褚祤故作若无其事，结结巴巴、语无伦次地说着，扶正书包带，目光有意识地偏离苏子莫，面对那张无辜的圆脸只会生出更多的罪恶感。

苏子莫丝毫不为所动，专心致志地盯着炎褚祤脸上的绯红，渴望一探究竟的目光几乎要在炎褚祤脸上戳个洞。

"今天中午饭菜不错，尤其是那道'硫酸铜炒番茄'，物理课也真精彩。"

炎褚祤觉得自己的大脑一片混乱，强行在脸上挂出镇定自若的微笑，颠三倒四、前言不搭后语地闲扯。

苏子莫憋笑都要憋出内伤了，奈何炎褚祤一本正经的神情，实在不好意思笑出声。同时百思不得其解，这家伙怎么了？

黄昏的光辉铺天盖地笼罩下来，歪歪斜斜地投进某个文具店。一沓沓本子井然有序地搁置着。其中浅蓝色的一本，仍留着少年薄唇的余温。

# 第二十二卷 我只是……
## 喜欢上他的单车

　　"考神君，你喜欢什么样的女生？"心中悸动，原来，这一直是她惦记于心、念念不忘的问题。考神君喜欢的那个人，比我优秀很多吧。她忽然有点想念那辆单车——我一定是舍不得考神的单车了，对，我只是……喜欢上他的单车了。

北淮中学每年假期都会组织夏令营，今年自然也不例外。以随机组合的小队为单位，由专业的导游领着进行一系列活动。

苏子莫松了一口气，这样是最好不过，基本上不用面对老班和本班的同学。

而炎褚裪呢，夏令营的前一天，他正盘腿坐在木地板上收拾行李，却突然听见身后妈妈的惊呼："你这么早就收拾行李？"

炎褚裪奇怪地回头，看着妈妈："明天就去夏令营了，现在收拾也算'早'？"

妈妈哭笑不得："我的小祖宗，还参加什么夏令营哦！这两个月你乖乖准备入学考试吧，其他的都用不着你操心。"

闻言，炎褚裪原本正在收拾书本的手一顿。他知道，虽然妈妈平时对他纵容宠溺，但只要是她做了决定的事情，都没有商量的余地。

而此时此刻，妈妈的意愿同样也代表着爸爸的意愿。

他就宛若一只被锁进笼中的困兽，只能温顺地接受旁人为自己安排的命运。

一抬眼，桌上有一张他给苏子莫布置的例题卷。

鬼使神差地，他走上前，反复摩挲这张试卷——那样的一个她，总是咬牙切齿地按他要求背诵概念；那样的一个她，一碰见不会做的题就在卷子上涂鸦笑脸；那样的一个她，忽然好想再见一面……

"阿公。"

古朴的檀木家具简约典雅，有一种经过岁月沉淀后的半旧唯美。

老人花白的须发在阳光下反射出一片耀目的闪烁，浑浊的双眼透过厚厚的镜片审视着一切，却有着一种仿佛能够看透一切的灵慧。

听闻孙子的呼唤，老人将目光从书上挪开，落到炎褚祤身上时，目光虽淡，却还是能看出那份掩饰不住的怜爱。

炎褚祤深吸一口气，捏紧拳头，鼓起勇气："明天我想参加学校的夏令营。"

老人摘下老花镜，调整了一个舒服的坐姿："去。"

"可我妈要求我待在家里准备入学考试。"炎褚祤硬着头皮还是说了出来。

老人的面色波澜不惊，似乎一切皆是预料之中的事情："自己权衡。"

"我想去夏令营。"炎褚祤毫不犹豫地回答道。

老人的眉毛微微一扬，似笑非笑："真想去？准备入学考试对于你而言，貌似并非难事。"

炎褚裙咬紧下唇，在阿公面前玩心眼无疑是一件很愚蠢的事情。顿了再顿，他低声说道："有些舍不得同学——而且……"

他实话实说了。

已被安排好的前程，却有不忍心放下的人。人生，注定是一段充满残忍选择的历程……

一向不苟言笑的阿公此刻脸上却绽开绚烂的笑意，挥挥手："还不去收拾东西？"

炎褚裙长舒一口气，旋即欣喜若狂，刚转身走了两步，却忍不住停了下来："阿公，你就不担心我像我爸当年那样借机逃走？"

"你比他当年聪明，"老人饶有兴致地看着炎褚裙，眼里闪烁着狡黠的光芒，"所以说，也坦诚得多。"

"也坦诚得多"？

炎褚裙一愣。父亲当年逃走，难不成还另有隐情？

正欲追问，老人却已重新戴好老花镜，泰然自若地看着书。眼里仍噙着一抹若有若无的笑意，又有些失神，思绪似乎透过书本、沉浸于某段久远的旧事。


苏子莫从土地公公祈祷到王母娘娘：但愿能和炎褚裙分配到一个小队。只可惜天下哪有那么好的事情？

拿着小组名单反复研究，苏子莫眉宇间流露出一抹失望之色。

"也不知道炎褚裙在哪个组？"

一旁正在打游戏的宁堇年懒洋洋地说："考神这次去不去都是个问题。"

"嗯？"苏子莫瞪大了眼睛，什么意思？

"打球的时候，考神和藤子好几次说起过这事儿——考神要被送去欧洲念书了。"察觉苏子莫脸上丝毫不加掩饰的惊异，宁堇年神色淡然，"他没跟你说？"

苏子莫满脑子回荡着那句"考神要被送去欧洲念书了"，半天回不过神——什、什么？难不成……以后再也见不到了？为什么从来没听他说起过？


所以呢，不要认为生命中的任何存在理所当然，说不定下一秒就再也难见。


她还记得那数不清的午后，他专注地批阅她的答卷。

她知道，他最恼火她每次不会算题目就在空白处画笑脸；她不知道，他含笑盯着那些拙劣稚嫩的涂鸦老半天。

每次完成他布置的卷子，她都要戴上耳机听着音乐伏在桌上假寐，然后偷偷把眼睛睁开一条缝，借机仔细端详他的侧面。

心里竟莫名衍生一种错觉——仿佛这样的韶华可以被无限延长，考神会一直在她身边。


细数一番，她家境寻常，一张圆脸丝毫不显漂亮；再怎么努力，成绩也是有气无力地在那儿搁着……

如果说"数学不好"是我接近你唯一的理由，那么，是不是我说"我数学这辈子注定报废"，你就不会走？

嘴角勾起一抹凉薄的笑意——有时候，奢望太遥远，自己都会觉得自己可笑。


"苏爷，你觉得炎褚祤有什么优点？"看似寻常的一个问句，难怪他没看见她眼底的忧伤。

苏子莫盘着腿，吃着宁堇年刚买来的冰激凌，舔了舔嘴角香甜的冰凉，咧嘴一笑："他……特别干净。"

和他待久了便会发现，那个满脑子计算题、毒舌至极的考神君，其实，还很孩子气。

看着她脸上迷糊的笑容，他呆呆地愣神了几秒，仿若眼前仍是她昔日撒娇"宁爷，拜托啦"时那一脸纯粹的笑。


炎褚祤家大门口响起一声亲切的招呼："小藤来找炎褚祤一块儿学习啊，他在楼上书房，去吧去吧！"

炎褚祤听见一阵脚步声自下而上逼近的动静。一开门，两人四目相对，心照不宣地坏坏一笑。安小藤从卷成筒状的试卷里摸出几罐啤酒，把卷子往地上随意一抛："把门锁上，今晚我不醉不归。"

炎褚祤微微挑起眉毛，似乎对安小藤的做法并不赞成。

"愣着干啥？去锁门啊！"安小藤一脚踹开地上的卷子，把啤酒一一摆开。

炎褚祤"噗嗤"一笑："慢着，我去楼下端点吃的来。"


看着炎褚祤的身影消失在楼梯拐角，安小藤灵机一动，默默摸出了手机，给宁堇年发了一条短信："帮我问苏子莫一个问题，我不好开口。"

"你不好开口，叫哥开口？"宁堇年的回复一针见血。

"你跟她最熟啦！"安小藤继续发挥他死缠烂打的杀手锏。

宁堇年眉毛一抖，"好吧，问什么？"

再次摸出手机的时候，苏子莫正好开门，粲然一笑："哇，这么快就把冰激凌买回来啦！"

宁堇年把左手拎着的袋子递给她，右手的手机屏幕上显示着一行醒目的小字：

"问问她觉得炎褚翃有哪些优点。"

炎褚翃觉得安小藤有点不大对劲。明明说好是哥俩喝个尽兴的，这货却捧着个手机鬼鬼祟祟地看个没完。

咬着筷子仔细打量安小藤，就见这货终于忍俊不禁、意犹未尽地收下了手机："苏子莫说……"

炎褚翃浑身的神经都紧绷起来，全神贯注地等着听下文。

"你家卤花生我吃了这么多年就没吃厌过。"安小藤状似不经意地称赞了一句。

"哼哼。"炎褚翃含糊地哼了两句算做回应，镇定自若的气场却压抑不住剧烈的心跳。

饶有兴致地打量了一番炎褚翃额角冒出的毛毛汗，安小藤这才放缓了语调，柔声说道："她说：'考神君特别干净。'"

"我实在想不出其他的东西送你，"安小藤玩世不恭的微笑此时显得摇摇欲坠，莫名哽咽，"你这个重色轻友的混蛋，别忘了兄弟。"

炎褚裪顿时失笑："切，有你这顿陪，礼物什么的……"其实都不重要了，对不对？！

说着，他低头吃菜，不忍面对安小藤那被深深感动的表情，狡黠一笑，"我还是很喜欢。"

"想死？！果然还是更在意苏子莫的一句夸吗？！"安小藤一脚踹在炎褚裪腿上，表情顿时狰狞化。

"去你的！"炎褚裪连连躲闪，揉着小腿，痛骂安小藤不问青红皂白的冲动。


"我说的礼物，还包括你的一番心思啊。"


午夜，月光纯澈若积水空明，在人们的睡颜上掠过。

明艳的灯光在水晶灯上反射出耀目的璀璨，衣香鬓影，觥筹交错。

"Hey，"梦中，一个玉树临风的家伙款款而来。呃，这是长大后的考神君吗？

"Hey，"因为知道是梦，苏子莫格外大方地回应道，同时展露出绚烂的笑。

幸好是梦，她可以大胆地端详那张帅气的脸："考神君，你喜欢什么样的女生？"

心中悸动，原来，这一直是她惦记于心、念念不忘的问题。

"你说呢？"考神的笑容依旧邪乎乎的。

苏子莫一时激动，正准备说"不会是我吧"，一个女子就温柔地上前挽住了炎褚裪的胳膊。即使是梦中看不大清楚，苏子莫也知道这女子定是个极品尤物，不然怎能如此般配相衬地和考神站在一块儿？

"我夫人。"介绍身边的女子时，考神的语气竟前所未有的温柔。

下一秒，毫无悬念地清醒过来，怔怔地盯着天花板发呆。

就像每次偷偷端详炎褚裪的时候，常在心底漫无边际地胡思乱想：时不时傻傻地想"将来要找的，一定是考神君……这样的人哈"，时不时又想"小说里那种日久生情的情节会不会发生呢"……

最后的最后，一切凌乱的思绪都结束在同一个惆怅上：考神君喜欢的那个人，比我优秀很多吧。

原本苏子莫还是很自信的嘛，她的人生准则是"人不轻狂枉少年"，只是……每次设想一下考神君的女友，就有一种自尊心严重受挫的感觉。

她忽然有点想念那辆单车——那辆，炎褚裪曾经载着她穿过大街小巷、世事喧闹的单车。

她也想念那颠簸的小路，让她可以名正言顺地把额头轻轻倚在某人的后背。

她还想念那个少年，嘴上说着"搂就搂呗，咱们自己心里没鬼就行"，其实脸上的绯红已趁他不备入了她的眼。

一想到单车后座上将来十有八九会坐上别的女生，苏子莫就觉得有一把充满酸味儿的火焰在内心熊熊燃烧。

可是，她有什么理由不高兴呢？明明，他们俩什么也不是啊。没有言情小说里势利的父母"给你一百万，离开我儿子"的警告，更没有牛郎织女故事里王母娘娘"不准在一起"的横插一脚……

所有的一切都将遵循他自己的意愿。那个曾经她有幸蹭过的后座，终会属于那个比她优秀很多的考神女友；那个她曾经惦念过的少年……

Stop！

苏子莫明智地选择打断思路，惊恐万状地回味着脑海里仍飘荡着的那一缕少女情怀式的忧伤，匆忙用被子蒙住脑袋，安慰自己说：我一定是舍不得考神的单车了，对，我只是……喜欢上他的单车了。

## 第二十三卷 我不是不想看见你

　　"你不去你们队集合，一直站在这儿做什么？"宛若一记重锤砸在苏子莫脑袋上，一种名为"是不想看见我吗"的忧伤袭来。

　　"考神君，如果你下次实在找不到话说就保持沉默吧。"明明是意料之外、堪称惊喜的唯美相遇，就被你一句话毁得连渣都不剩了啊。

本次夏令营的目的地，是邻近本市的 V 城。一大清早，北淮的学子们在操场上集合。

去学校的路上，苏子莫也说不出为什么，总觉得心底有一粒生机勃勃的种子。纵然自己努力去忽略它、压制它，但它还是奋不顾身地生根、只待破土而出。

就在走进北淮校门的那一瞬，心底的悸动猛然愈烈。

呵呵，我是多么的云淡风轻啊，我才没有期待遇见谁呢！

苏子莫抬头挺胸，把耳机里《双截棍》的音量开到最大，以一副"我自横刀向天笑"的洒脱想道。


"苏子莫。"

一声语调上下飘忽、拿腔拿调的呼唤响起，把正在走神的苏子莫吓了个不轻。

"是安小藤啊。"苏子莫松了一口气，同时内心浮现莫名的……失落？

看透了苏子莫的表情，安小藤心中熊熊的八卦之火顿时被点燃了："矮油！课代表大人想什么事情那么专注呢？不会是在想嘿嘿……"

苏子莫用俨然一副不可理喻的神态无语地盯了安小藤三秒，忽然想到什么，顿时哈哈大笑："就是在想某某某啊，安小藤你这么懂我心思，我不打你一顿怎么行？"

"喂！你就不怕自毁形象吗？！"安小藤猛退一大步，惊恐万状道。


"怕什么？反正某人又不、在、这、里……"苏子莫凭借非凡的毅力说完了最后几个字，只因一张熟悉的脸进入了视线。

几日不见，眉眼越发清秀如画。

"咳咳……"喂，考神君，你一边干咳一边以"我没看见你"的表情把脸转过去是什么意思？！

苏子莫顿觉一股挫败感席卷而来，化作滔天巨浪，将她毫不留情地拍在沙滩上！

"早、早啊。"考神君低敛着眉眼，状似不经意间开口道。

真、真是没出息，明明刚才还在痛恨海浪把自己拍在沙滩上，此时却莫名感谢那海浪——因为，沙滩上有阳光啊。

"喂，我说你啊……"听见炎褚裪的声音，好不容易平复一点心情的苏子莫顿时又心惊肉跳起来。

"怎么了？"苏子莫抬起头。

"你不去你们队集合，一直站在这儿做什么？"

啊啊啊，囧死了！

宛若一记重锤砸在苏子莫脑袋上，一种名为"是不想看见我吗"的忧伤袭来，苏子莫赶紧故作若无其事地强颜欢笑："呵呵，还要集合啊，再见。"

转身走了三步，就听身后继续传来炎褚裪的声音："八点准时出发，现在才七点二十。"

呵呵，所以呢？是在跟我说话吗？

苏子莫闷着头继续往前走。

安小藤心领神会，赶紧扯大了嗓门："课代表你就这么急着回去集合吗？人家好伤心哦！"

"呵呵，你们慢慢玩！"不是啊，想说的不是这句啊！

明明想说的……是："好啊好啊，咱们站一块儿吧！"


待苏子莫走远，安小藤一拳捶在炎褚裪胸口。

"你智障吗？明明不想她走，还神经兮兮地来一句'你站在这儿做什么'！你这不明摆着赶人家吗？！"

炎褚裪严肃地沉思了两秒，然后一脸深沉："好像的确如此。"

"知错了？"安小藤气哼哼道。

"……我发誓我刚才只是在陈述事实，绝对没有赶她走的意思。"


每一部偶像剧里，貌似都得有一个财阀世家、聪明绝顶的男主角，而且口才得好，两三句感人至深、深情款款的台词就把整部电视剧的剧情推到了高潮。

所以，总结以上经验，安小藤面色凝重："考神君，如果你下次实在找不到话说就保持沉默吧。"

明明是意料之外、堪称惊喜的唯美相遇，就被你一句话毁得连渣都不剩了啊。


"……"炎褚裪正酝酿了几句毒舌至极的话回应，一抬眼——远远地，隔着熙熙攘攘的人群，两道目光，毫无偏差地交汇在一起。


有人说，青春是一片黑压压的海洋，我们各自驾着一叶孤舟，靠拼搏与血汗，抵达成功的彼岸；航程中，最危险的不是巨浪滔天，不是电闪雷鸣，是当你漫无边际地在一片迷茫里漂泊时，突然隐隐约约在海底看见些许微光，吸引着你，心甘情愿堕进深渊去。

下一秒，那道目光连同它的主人便一道消失在了一片纷乱喧嚷里。目力所及之处，有的仍旧只是布满跑道的操场，被教学楼切割得规规矩矩的天空……一切司空见惯的景象。

"妹子，你是哪个班的呀？"

本队集合时，一个戴白框眼镜的姑娘很热络地对苏子莫说道。苏子莫心中暗喜，看来作弊的谣言还没传到别班去，不由得心头一松，明快一笑："你知道考神君不？"

姑娘顿时激动万分，一把抓住苏子莫的手："你跟考神君是一个班的呀！天呐，好羡慕你啊啊啊……"

苏子莫被她过分激动的反应吓了一跳，呐呐地说："是啊，一个班的。"

"他喜欢什么颜色？什么血型？家里有兄弟姐妹吗？来来来你坐下我们慢慢说……"

苏子莫被姑娘的率真逗乐了，不由得"噗嗤"一笑。姑娘以为苏子莫是在委婉拒绝，忙说："别啊，我也有说不定你会感兴趣的消息，作为交换怎么样？"

见苏子莫并未拒绝，姑娘忙说道："我偷偷跟你说哦，你们班有个女的总缠着他，但是这次那个女的作弊被抓了，痛快吧？！"

苏子莫算是切切实实体会到了那种感觉——当头棒喝。整个思维"嗡"的一下就乱了。

担心苏子莫不相信，姑娘拍着胸脯打包票："消息来源绝对可靠，放心吧！"

"你……你听谁说的？"苏子莫仅剩的一点理智维持着她脸上勉强算得上淡定的表情。

姑娘说："你们班的唐筱言啊。她人可好了。她还说：'虽然苏子莫作弊，但终究是有难处的吧，不要责怪她，拜托了！'但我才没她那么善良咧，我觉得那种女的就是贱，还作弊！可惜唐筱言已经出国了，你可以开学问问她。"

肆意造谣自己作弊的不、不会是唐筱言吧？！

"那、那你知道后来是谁去跟老师说这事的吗？"明明是盛夏，苏子莫的心底却汹涌而出阵阵寒意，顺着血脉传遍全身。

"那个的话不知道，但这事儿肯定不会有假，是唐筱言亲眼看见的呢——咦，你脸色怎么不大好看，生病了吗？欸，你去哪……"

是唐筱言亲眼看见的呢！

小的时候常幻想，大水若淹了这座城市会怎样？那爸爸不得不划着船送自己去幼儿园了吧？

此时此刻，周身宛若浸泡在冷水里一般，被压抑得濒临窒息，苏子莫无意识地开始向校门口走去，心里只有一个念头：不要，不要再在这个地方待下去！

早就察觉了苏子莫脸色不对的炎褚袖当即往这边快步走来。

她清瘦的背影不时被熙熙攘攘的人群遮挡得无影无踪，周边一派笑闹声充斥着他的耳膜，逼迫自己镇定下来，定神在人群里搜索，没有她……没有她！

他顿时慌了。

"苏爷。"宁堇年欢快地开口，就见苏子莫失魂落魄，对他视若无睹。

"你去哪？"宁堇年挡住苏子莫的去路，微微弯腰和苏子莫保持平视。

涣散的目光一点点聚焦，嘴角勉强挤出一点笑："宁爷，是你啊。"

"到底又发生什么事了？"宁堇年赶紧伸手试试苏子莫的额头，没发烧啊！

"是唐筱言，说我作弊的，是唐筱言。"苏子莫怔怔地说道。

一向温和的宁堇年，眼底顿时汹涌无法压抑的戾气，深吸一口气："我去找她。"

"她不参加这次夏令营，她出国了。"

宁堇年当即掏出手机："我去问她的电话号码。"

苏子莫顿了顿："不，当面问吧。"

"什么？"宁堇年一愣。

"等她回来。隔着电话，变数太多；当面问，她措手不及。"

终于在攒动的人头中寻觅到了苏子莫的身影，炎褚祹加快脚步。

两人渐渐接近，相隔十步、九步、八步……停下脚步。

"真是笨啊，竟然变得比小时候还爱哭。"

"再怎么变也比你聪明哈！"

"糟了，集合时间快到了！"

宁堇年跟苏子莫没被分在一个小队，所以宁堇年担忧地目送着苏子莫朝她所在的小队走去。

苏子莫忍俊不禁，爽朗一笑："怎么了啊？我又不是没了你不能活。去吧去吧，我会照顾好自己的！"

宁堇年也被逗乐了，转身的瞬间，忽然瞥见一个熟悉的身影："老姐？！"

"宁堇年？！"宁温颜惊讶地开口。她在北淮中学的分校念初三，没想到这次来总校集合还能碰上自己这小表弟。

"老姐，你在这个队吗？"宁堇年兴奋得眼里闪烁着点点亮光。

"是啊，怎么了？"

苏子莫觉得自己挺幸运的。原本她心情不好，拉长了一张臭脸在那儿坐着，却竟然有一个长得白白净净的姐姐来找她搭话。

三言两语的攀谈，竟出乎意料的愉快。

宁温颜从包里拿出一包巧克力奶，扬手一递："我最爱喝这个了，对皮肤好哟！"

苏子莫笑得眉眼弯弯，眼睛眯缝成一条线："干脆我喊你'牛奶姐姐'好了。"

宁温颜忽然想起一句话，笑的时候眯缝着眼的人，容易看不清前方的路。

在几个小时的闲侃下，苏子莫对宁温颜有了大概的了解：这是个坚信"无绚烂，不青春"的贪玩派姑娘，没事就捧个单反相机在校园里转悠。

至于学习嘛，宁姑娘不屑地翻了翻眼："我要我的青春，里里外外、从玩到学都很绚烂！"于是乎，宁姑娘的随身宝贝除了单反相机，就是教辅资料，逮到空闲机会就学习。

因此，虽然没法和考神君比，宁姑娘的名字也算是在年级前五十里有了一席之地。


众人纷纷在火车上落了座。

宁温颜反复端详眼前的苏子莫，指尖轻轻摩挲着单反相机的按钮，忽然莞尔一笑："苏子莫，这次你给我当模特好不好？"

"嗳？"

咔嚓！

## 第二十四卷 比起你，我更想和······在一起

　　"人生嘛，就像一次火车上的旅行。会有繁华炫丽进入视线，让人着迷欣喜，恋恋难忘。可终究只是窗外风景，下一秒，火车飞驰，转瞬即逝。"有一种相遇，是偶然靠站，往窗外一望，是一个似曾相识的小镇，让人忽然安心，甘愿久居此地，就此老去。

　　苏子莫和宁温颜坐在车厢的中部。

　　两人一道去洗水果的时候，苏子莫意外看见了坐在车厢尽头的炎褚褟。这么巧？苏子莫脸上的一抹惊喜被宁温颜捕捉进了眼底。

　　"喂喂，别玩手机了。"安小藤用胳膊肘捅捅炎褚褟，示意苏子莫的到来。

　　四目相对。

　　苏子莫觉得自己一定看上去傻透了吧，举了举手里的李子："呐，要不要来一个？"

　　"要！"炎褚褟还没反应，安小藤就扑了过来，一点也不见外地拣了个品相最好的，一口啃下去后，竟出乎意料地识趣，"来，你坐你坐，我去别处逛逛。"

　　说着让出自己的位置——那个面对着炎褚褟的位置。

"不了，我又不是没位置。"要是急急忙忙地扑上去，会显得自己多么迫不及待似的。


"你要让位置，找个美女啊。"炎褚裪开着玩笑，却不料惨遭安小藤一记白眼。

苏子莫刚走了几步，就听见身后一声咆哮："考神君你是笨蛋吗？！"

"久等了。"一道清澈悦耳的女声响起，苏子莫下意识回头，就见一个披肩长发的温婉姑娘。

这、这不是先前和炎褚裪一起参加奥数比赛的那个少女吗？她怎么……也在这里？


火车四平八稳地向前飞驰着，苏子莫坐在窗边，眼神空洞，心事重重。

残酷的现实向她无情地宣告了一条定律：王子的眼中只可能有耀眼明艳的公主，而所谓的灰姑娘正蹲在不为人知的角落里刷盘子。王子的目光绝不会稍稍流转注意到角落里那个哪怕心若琉璃的灰姑娘。

就如十全十美的考神君，他兴许可以对着前座的苏子莫帅帅地微笑，但他的心房，怎么可能会有一寸容得下苏子莫的地方？


车窗影影绰绰地映出苏子莫的倒影。

她看着这样一个平凡的自己——恰逢年少，几颗毫无美感的痘痘横行霸道地强占了额头，微胖的脸型更是让她和"美女"二字就此无缘。

啊啊啊！要疯了要疯了！明明是宁董年口中"没心没肺的混世魔王"，今天却鬼使神差地变得这么多愁善感。

"真的，喜欢上一个人了，就是这样。"

乔熙九的话冷不丁神出鬼没地冒出来。苏子莫猛咽了一口口水，后背发凉，双手冒汗：我，该不会那个……嗯——炎褚裼吧？

这个想法太疯狂了，呵呵！定是三伏天太阳太大把脑袋热懵了，对！

若是言情小说里，那男女主角应该是彼此喜欢的才对！会不会考神君其实……

哦，不不不，不可能！

唉，人有时奢望太过分，自己都会觉得自己可耻。

苏子莫懊丧地垂着头。凄惨如从来没有过喜欢人或者被喜欢经历的苏子莫，手足无措地面对着自己对考神君疑似喜欢的感情，可怜巴巴地想着自己屈指可数的优点，估算着考神君会不会也喜欢自己的概率……忽然问自己，所谓年少真正的心动应该是什么样的呢？

"喂，笨蛋，我们恋爱吧。"

幻想到这儿，捂着发烫的脸，暗自点点头——

嗯，差不多……就是这样了吧。

但是呢，所谓爱情就像考试作弊，你把自己的答案袒露出来，优异如考神君，凭什么要回报你以他的答案？所以呢，作弊也好，爱情也罢，那样的人，都太过遥不可及了。

想到这儿，苏子莫悲伤地叹了口气。二年级的时候，有个同学和她约好互抄卷子，苏子莫就真的傻乎乎地把卷子摊开给别人看。轮到自己有不会的题目时，人家理都不理她。

打那之后，苏子莫知道了作弊是极其可耻的行为。还有，无论何时，永远永远不要率先摊开自己的"卷子"。


"人生嘛，就像一次火车上的旅行，会有繁华绚丽进入视线，让人着迷欣喜，恋恋难忘，可终究只是窗外风景，下一秒，火车飞驰，转瞬即逝。"

宁温颜拄着下巴，遥望着远方的景色，喃喃道。

"有的人，也是如此。"苏子莫十分默契地接口。

"这就是为什么我喜欢用相机来铭刻每一秒经过我生命的风景。"宁温颜露出璀璨一笑，"诶，刚才那个是你同学吗？长得挺不错的。要不你跟他商量一下，你俩一起当我的模特呗？"

苏子莫苦闷地捧着脸颊："我想他多半不会答应的。"

宁温颜皱眉不解，"为什么呀？"

"因为……"苏子莫冥思苦想，"那个人，就是太不识趣了啊。"


从古至今跟炎褚祔袒露心迹的女生，就像战国时期去行刺秦王的勇士一样，没有一个是功成名就的。

无论多么的动人、无论多么的深情，最后能见证的，只有考神君日渐长进的创意——"对不起，你长这副样让我更想以学习为重。"

"你的意思是要我跨越一整张排名表跟你在一起？"

"你冷静一下先，我唱句歌给你听：'何必要在一起？'"

想着刚才那个披肩发的妹子，苏子莫不由得苦恼——

相比之下，自己要排名没排名，要模样也没模样，注定是要刷新"考神最具创意拒绝榜"的那种人。

搞不好换来一句"比起你，我更想和安小藤在一起"，苏子莫堪称完美无瑕的年少时光也算是彻底被毁了。

"怎么了，不开心？"宁温颜饶有兴致地端详着苏子莫表情细微的变化，觉得分外有趣。

"牛奶姐姐，你有喜欢过一个人吗？"苏子莫郑重地开了口，不大的眼里盛满了小心翼翼的期待。

宁温颜抿了口牛奶，眺望远方的眼神渐渐恍惚，似是被勾起了某段陈远而深刻的回忆。苏子莫正担心是不是自己说错话了，刚欲道歉，宁温颜就神秘一笑："当然有啦。"

"嗯嗯！然后呢？"苏子莫赶紧坐直，摆开一副洗耳恭听的架势。

"还问我，傻丫头，你已经给出答案了啊。'喜欢过'的意思就是说，曾经把自己所有的喜怒哀乐都牵挂在一个人身上，后来……就不这样了。"宁温颜微微低垂眉眼，下意识地掩饰流露出的忧伤。

苏子莫眨了眨眼睛，还想问点什么，却察觉了宁温颜的情绪有一丝微妙的变化，连忙咬住了自己的舌尖。

窗外微微飘雨，一道道水痕在车窗上蔓延。

"丫头啊……"

"嗯？"苏子莫连忙转眼，却发现宁温颜仍旧专注地望着窗外。

"说真的，如果你发现自己喜欢上了一个人，那就让姐姐找机会帮你俩拍张照吧。有个传说，不知你听过没？”

"嗯？"一听有传说，苏子莫顿时集中了注意力。

雨声淅沥，葱绿的枝叶悄悄生长，一米阳光从厚厚的云朵里透了出来。

"传说，如果有幸被神明看见了合影，就会有缘在一起。"

"哇，好厉害的样子！"

苏子莫的眼睛里闪烁着一大堆写满崇拜的小星星，唉——要是牛奶姐姐肯认她做妹妹就好了，牛奶姐姐懂的那么那么多！

许堇芍从来都不跟苏子莫说这些的。在许堇芍的口中，"中考就是一场血流成河的战争，老妹你再不努力就是血流得最多的那个。"总是吓得苏子莫半夜睡觉都做噩梦。

宁温颜叹了一口气，笑得苍凉而无奈："可是你听过一个词吗？有缘无分。"

苏子莫若有所思地看着天空渐渐放晴。

宁温颜微笑："丫头是有喜欢的人了吗？要记得，别奢望太多。其实喜欢一个人，本身就是一件很幸福的事情。"

苏子莫原本失落的神情，渐渐浮现一抹淡而深沉的微笑，牛奶姐姐说得对。

其实她无比厌倦那样一个个午后，在炎褚祔的逼迫下，以她少得可怜的脑细胞和数不清的数学题殊死搏斗。

其实她仍旧惦念那样一个个午后，坐在炎褚裀的身旁，听他细致的讲解，看他眼底流转的微光。


对欸！数学题！

"牛奶姐姐，你有没有带数学的教辅资料？"

"你等等，我找找……有啦！"

苏子莫接过牛奶姐姐的这本教辅资料："多谢！"

"你不用先看看题目的难易程度吗？"牛奶姐姐好心提议道。

"不了，"苏子莫狡黠一笑，"反正初三的题我也看不懂。"


看着苏子莫斗志昂扬的背影，牛奶姐姐嘴角抽搐："丫头，你确定你要这么主动吗？"


"不要总是一碰见没头绪的题就坐着发呆，拜托苏子莫同学主动一点，作一条辅助线……不然你永远都无法知道答案是什么。"

她走在车厢窄窄的过道上，想起他说过的话，忍不住自顾自、嘻嘻地傻笑。


"……我就说嘛，羽毛，你个大笨蛋总是不相信！还有上次吧……"

女孩银铃般的笑声伴随着她愉悦的说话声不时爆发出来，震动着苏子莫的耳膜。


羽毛？

这个别样亲昵的称呼，霎时，搅得苏子莫的心兵荒马乱。

一股怯意顿时袭来，苏子莫忽然觉得，答案其实就在眼前了。不是吗？他的世界，多她一个苏子莫不多，少她一个苏子莫也不少。

正欲转身逃走，却被刚冲完咖啡的安小藤撞了个正着："苏子莫？你来找炎褚祤的吗？他在他在，你别走。"

"我……"苏子莫涨红了脸。

"别跟那小子计较，他思春了，说话不利索。"安小藤意味深长地眨眨眼睛。

"思春了？"

要是自己这时进去，不明摆着打扰炎褚祤和"那个谁"吗？

"我先走了……"

"呔！这是什么！"安小藤夺过苏子莫手中的教辅资料，"炎褚祤快看快看！"

转过头对苏子莫会心一笑。

资料落到了炎褚祤手里，被考神君淡然的目光审视着。

苏子莫呆呆地立在原地，坐也不是，站也不是，走也不是，留也不是，只觉得手足无措。

"哪道题？"炎褚祤问道。

"嗳？"苏子莫傻傻地应了一声。

"哪道题不会做？"炎褚祤放下资料，抬起脸，直视着苏子莫。

披肩发的少女倒是没有半分不自在，兴致勃勃地翻阅着资料，忽地转脸，一脸纯真无邪的笑："羽毛，你记得不？15 题咱们前年竞赛的时候做过哦！"

苏子莫咬紧牙关，开了口："就15题不会。"

炎褚翎的表情简直就是……错综复杂，生动得不可思议。

苏子莫已经准备好听考神君一声"过来"的命令。

"我给你讲15题吧，我会最偷懒的方法哦。"率先开口的竟然是披肩发的少女。

"不准。"炎褚翎忽然严肃起来。

"为什么啊？"少女恼怒起来，倒更像是在撒娇。

对啊，为什么？炎褚翎低下头，沉思几秒："要是她竞赛拿了一等奖，到时候功劳岂不是要平分？"

"嗳？"


炎褚翎举起资料，指着15题，"你确定你不会做？"

"确定。"苏子莫炯炯有神的目光几乎可以在纸上戳个洞，察觉了炎褚翎渐渐阴沉的脸色忙说："等等！我想起来了！这种模型的几何以前你教过！"

"是吧。"炎褚翎的表情顿时多云转晴，欣慰地看着苏子莫。

苏子莫又死死地盯了题目几秒，很实诚地说："可我真的不会做。"

"你……"炎褚翎此刻无奈且悲痛的表情曾经一度让苏子莫倍感骄傲——哈哈，让考神君如此束手无策的，我苏子莫是古今第一人吧！

可此时此刻，有一个声音在苏子莫的心底，小声问她：人家可以和炎褚翎愉快相处，为什么你却总惹他不高兴呢？

其实炎褚祤在心底，是很讨厌自己，只是没有说出来吧？

这个可怕的念头一出来，苏子莫顿有一种天旋地转的感觉。

"呐，羽毛，我们来玩'真心话大冒险'吧！"披肩发少女兴奋地提议道，全然和炎褚祤亲密得密不透风的样子。

苏子莫见状，连忙识趣地收回教辅书，低声说："那我先走了哈。"

"不……"

"别别别，留下来一起玩呗！"安小藤连忙拦住苏子莫，扫见炎褚祤的嘴形，顿知这次自己是多管闲事了。

苏子莫玩游戏手气向来时好时坏，看来今天是霉神附体了——

"哈哈，第一个是苏子莫！真心话还是大冒险？"安小藤欢呼。

苏子莫想了想，几番纠结，一咬牙说："真心话吧！"

披发少女开口了："我来问你吧——你怎么看柯盏这个人？"

苏子莫一愣："嗯？"

"缠着你的那个柯盏啊，觉得他怎么样？"

原本一直心不在焉的炎褚祤，目光陡然锐利，直直地朝苏子莫射过来。

苏子莫丝毫没察觉炎褚祤的异样，反倒是在内心莫名其妙：怎么回事？柯盏缠着她这种微不足道的事情为什么会被津津乐道？

"我觉得他……"苏子莫想起妈妈说要与人为善，不可以用语言攻击他人，"是个学霸。"

"哦！"少女一副了然顿悟的模样，嘻嘻一笑，意味深长地眨眨眼睛，"我懂了，这年头都喜欢学霸嘛！"

炎褚祤把脸对向窗外，面无表情，直到——

"其实吧，我觉得我挺学霸的。"苏子莫轻咳两声，一本正经。

"噗嗤！"

之后的年岁里，有数不清的人事化作长河，从苏子莫的生命中奔流而过，冲淡着曾经深刻的回忆。但每每回忆起火车上的这次相遇，那一个个细节便像老胶片在脑海里放映，边角微黄，画面清晰。

# 第二十五卷 濯霜园记

　　谁还记得，那间教室的一角，课间肆意的笑闹；

何人知道，你专心看书时，我怦然的心跳。

　　时光远去，最美的流光，是那濯霜园的相遇……

古老的墙壁被茂密繁缕的藤蔓覆盖，构成了错综复杂的迷宫。行走其中，总觉得有一种难以言表的感觉在心底沸腾、汹涌。是哪不对劲呢？是哪不对劲呢？

迷迷糊糊地走完整个迷宫，才恍然大悟：这个迷宫其实是个复杂的电路图啊！

"哇——"从梦中惊醒，苏子莫喘着气，环顾四周，见夜色深重，舍友梦香，才渐渐平静下来。

苏子莫从小到大就经常做些稀奇古怪的梦，比如说梦见被人追杀，吓醒后躺下继续睡，就梦见那人凶神恶煞的脸："小样，你还敢回来！"


抵不住滔天的困意，苏子莫再一次沉沉睡去，意识渐渐涣散，尚存理智的最后一秒，心想：老天啊，我不要再做梦了，让我睡个好觉吧。

唉，这又做梦了不是？

打量四周的环境，不是宿舍，白茫茫的一片，辽远而混沌。

耳畔的散发被撩起，有风？苏子莫回头，就见一个大大的落地窗。远方，落日血红，烧灿云霞。

自己貌似身处在一个大厅里，人来人往，密密麻麻的人群攒动。


"苏子莫！起床！"一睁眼，牛奶姐姐元气满满的脸就闯入视线。

睡得蓬头垢面地起身，揉揉眼睛："我做梦了。"

"嗯，梦见什么了？"牛奶姐姐不假思索地问道。

苏子莫下意识咬着嘴唇，努力回想："唔——这个梦好像没做完，貌似只是一个很平常的梦欸。"

但为什么鼻头会酸酸的呢？潮湿的眼角，又究竟是怎么了？

谁说，有的梦境不是冥冥中的预兆呢？

到 V 城的第二天，自火车上的相逢之后，考神君所在的小队就再也没和苏子莫所在的小队有任何交集。

苏子莫捧着脸颊仰望天空，无奈地叹了口气。牛奶姐姐不知何时早已出现在她身边，笑意盈盈："在思念呢？"

苏子莫脸上的神色一下子就由惊诧转而纠结，指尖传来的灼热预示着发红的脸已率先暴露了内心。苏子莫用微不可闻的声音小声道："思念有什么用，又遇不到。"

牛奶姐姐揉了揉苏子莫的头顶："笨，明天去参观'那什么园'的时候，在园内是自由活动啊，到时候指不准会遇到哦。"

那概率也太小了吧！苏子莫这么想着，但看着牛奶姐姐一脸信心满满的笑意，内心也不由得浮上一丝期待。这期待就宛若在水面滴了一滴墨，渐渐晕染开来，直到整颗心都成了那般墨色。

刚开始听牛奶姐姐说"那什么园"，苏子莫还以为是个普通的园林，直到今日一见，才晓得是 V 城大名鼎鼎的濯霜园。

濯霜园的一大特色是那奇巧曲折的回廊。在游览示意图上细细端详，苏子莫除了啧啧赞叹外，还有就是垂头丧气。濯霜园这么奇葩的设计，遇得到炎褚裪才怪！

一入园，苏子莫就被面前人山人海的架势震慑住了。于是乎，她机智地展开游览示意图，迈开步子朝着园内景点最少的地方走去！

你想啊，景点多的区域人肯定也不少，那到时候究竟是看景点还是看人群呢？对于从小就对密密麻麻的人群有心理阴影的苏子莫来说，一个景点稀少的地方无疑是静享时光的最好去处。

惯以雾霾著称的 V 城这几天却是碰上了难得一见的大好晴天。抬头仰望湛蓝无际的天空，有稀疏的白云点缀，苏子莫只觉得心底隐隐悸动，不免想到了一个词：休祲。

翻开初中语文书中的《唐雎不辱使命》一文，你会找到这个词的注释：吉凶的征兆。

但我们不妨用更通俗诙谐的方式来解释这个词。

每到初三，各个初中就会带领学生参观一中。

倘若你去的那天，天空乌云密布，阴沉沉的架势压迫得人喘不过气，这时，老师说："喂哟，这是要下雨的节奏哦——同学们，那咱们就在外边看看、不进一中了哈！"

好好咀嚼一下这话，是不是觉得胸口凉飕飕的？

再比方说你去参观一中的那天，晴空万里，空气清新，气温适宜。正当你站在一中气派的大门口发愣时，老师说："愣什么？进去啊。"

然后你走啊走啊，走到某班教室门口时，你总觉得这间教室有什么吸引着你挪不开步伐，这时某不知情的一中老师夹着书走过来，对你微微一笑："进去吧。"

你抬头一看班号，哎呀妈呀，不得了了，24 班（理科实验班）！

是不是有几分领会"休禊"的意思了?

她深深地吸气,觉得有酸甜的气泡在胸腔内翻滚,而斑驳陆离的草木连同水光潋滟的湖泊便成了催化剂,惹得心中的悸动更甚。

远远的,看见桥头伫立了一个少年。

早知道就戴上眼镜了,苏子莫想着,缓步向石桥走去。不会是他吧?这欣喜来得突然,却也飘忽不定。像梦,却比梦还虚幻;像戏,却比戏还凉薄。

待只隔了五六步远,苏子莫看清了桥头何人,忙撤步欲逃,已来不及了。

"这么巧,你也在这里?"

苏子莫不以为然:"我不喜欢人声鼎沸。"

"更巧了——我也不喜欢。"

苏子莫无意再逗留,抬腿刚迈了三四步,身后人又开口了:"既然都躲到一块儿了,何不一道看看桥头风景?"

苏子莫一时被哽住了。她总不能说:"柯盏,你我还没熟到一起看风景的地步吧。"顿了顿,"不必了,濯霜园的特色是九曲回廊,廊上风景更胜。"

"既人人皆知,再去也不过是挤热闹而已。"柯盏脸上漾开狡黠的笑意。

"我想看的不是景。"她说得轻描淡写。

柯盏脸上的笑意一沉。苏子莫，你跟炎褚裥相处久了还真变聪明了——竟知道往人最痛处下刀。

"再待三分钟，我告诉你他在哪里。"

苏子莫行进的步伐这才止住："我凭什么信你？"

"呵，"柯盏凄怆一笑，"我凭什么骗你？"

我苏子莫是那种为人指使的人吗？你叫我待三分钟，我就如你所愿？

苏子莫恶狠狠地瞪着柯盏。柯盏被她这副气势汹汹的样子逗乐了："你答不答应？"

"少废话，已经过去半分钟了！"

"喂！"柯盏先是又惊又恼，忽地叹了口气，"你就那么讨厌我？"

苏子莫不回答，看天看地看草坪，就是不看柯盏。

"你不要总像只刺猬好么？咱们怎么就不能心平气和地聊聊天呢？"柯盏循循善诱道。

"呸，咱们为什么要心平气和地聊聊天呢？"苏子莫抱着胳膊，急性子害得她终还是没能装成哑巴。

"那你去找他做什么？还不就是两个人有一

句没一句的瞎扯？"

苏子莫算是反应过来了："你一口一个'他'啊'他'的，你到底在说谁啊？"

"你看你，总是跟我装傻。"柯盏意味深长地说。

"'装傻'？你指的什么是装傻？"苏子莫皱皱眉，底气明显不足地说道。

柯盏眉毛抖了抖，这人还能再无赖点吗？"你这就是存心装傻啊。"

一下子被人说中了心事，苏子莫的脸顿时就不可抑制地红了起来："我……你，你才装傻，你全家都在装傻！"

柯盏倒十分享受她的手足无措："你装傻怎么会涉及到我家呢？该不会你迫不及待地想和我成一家？"

"喂！"苏子莫恼羞成怒，低头一看表，"到了到了！时间到了！"

"嗯嗯，所以呢？"柯盏的一双桃花眼亮晶晶的，状似期待地问。

"所以你就该告诉我了啊。"苏子莫理所当然地回答。

"告诉你什么？"柯盏一脸无辜，要不是看透了他的本质，苏子莫恐怕真会被这状似纯良的皮囊所迷惑。

苏子莫手一挥，义愤填膺道："你这才叫装傻好吧？"

柯盏清了清嗓子，桃花眼坏笑盈盈、分外勾人："这样吧，你说说看我该告诉你什么，我定知无不言言无不尽。"

苏子莫咬紧下唇。如果目光有杀伤力的话，柯盏早就被她挫骨扬灰了。干脆一跺脚："大爷我不问了，那三分钟权当是赏你算了。"

"喂喂喂……"见苏子莫要走，柯盏原本不动如山的架势一下子就乱了，匆忙拦在她面前，"你不是吧？"

"我不是什么？"苏子莫狐疑地打量着柯盏。

"亏你还自称'大爷'，这么点玩笑都开不得？"柯盏一扬下巴，明摆着以身高藐视苏子莫。

苏子莫以一种审视三岁小孩的目光盯了柯盏几秒："麻烦让一下，你挡着我路了。"

"偏不让。"柯盏耍赖道，说着，微微弯腰，和苏子莫保持平视，笑意不明地端详她神情细枝末节的变化。

"你要干什么？"苏子莫蹙起眉，沉声道。其实她想问的是："你是变态吗？"

柯盏却乐不可支地一合掌，好整以暇地绽开一个绚烂的坏笑："的确嗳，光天化日，孤男寡女，四下无人，你难不成在暗示我，我是不是该干点什么？"

"不可理喻。"苏子莫大惊，却压抑着自己不能失色，不由分说地转身向石桥快步走去，走着走着想起什么，掉头回来，"炎褚祠到底在哪？"

"那边。"柯盏一愣，扬手一指。

苏子莫不假思索地应了一声，"谢谢！"

说着，大步流星地远去。

走着走着，苏子莫心尖一抖，柯盏你小子玩我呢？炎褚祠哪儿呢？眼前怎么是一处偏僻的九曲回廊啊！

木制的回廊曲折幽深，在阳光的普照下别有一番韵味。

"咳咳。"

轻微的声响惊动了苏子莫的神经，她循声环顾。嗯，四下无人？

又向前走了两步，"咳咳。"

绝对不是幻听，苏子莫十分机智地判断道。

"喂，敢不敢再笨一点？"转角的少年忍不住发出了感慨。

"炎褚裼，这么巧？"苏子莫佯装惊讶道，同时心房内那些酸酸甜甜的泡泡纷纷一齐涌上来，化作嘴边蜜样的滋味。

"嗯。"少年含糊地应了一声，继续看风景。

"安小藤呢？"苏子莫没话找话道。

炎褚裼随口应道："他去买水了，你找他有事？"

苏子莫镇定自若道："有事，被你发现了，真聪明。"

"什么事？我转告好了。"

"天机不可泄露。"苏子莫一脸严肃。她快为自己随机应变的能力所折服了。


"这样吧，把你电话给我，等会儿他回来我让他联系你。"

唉呀妈呀，要电话嗳！苏子莫兴奋地在心底欢呼。只可惜考神不是一般人，把要女生电话这种原本心惊肉跳的事情做得不动声色、顺理成章、理直气壮……熟能生巧？

"嗯，你不用试着拨一下吗？"报完号码，苏子莫一本正经。

"为什么要试着拨一下？"炎褚裼不解地问道。

苏子莫挠挠后脑勺："万一记错了呢？"

炎褚裼一扬眉毛："我有你那么笨？"

苏子莫忽然意识到什么，小心翼翼地问："炎褚翮，你会不会突然觉得我这个人好麻烦啊？"

炎褚翮淡淡地瞥了她一眼："哪有'突然'？一直都觉得……你很麻烦。"

"啊？！"苏子莫惊诧，咬住下唇，一时气结却也找不到说辞。

炎褚翮看着她纠结的模样，顿觉好笑，旁敲侧击道："良辰美景，你不准备说点什么吗？"

苏子莫一愣，四下张望，景色非凡："说什么？"一脸无辜状，炎褚翮有撞墙的冲动，你是装傻还是迟钝？

"你都不知道，我怎么能知道。"炎褚翮生不如死的无奈表情让苏子莫负罪感飙升。她连忙转移话题："话说濯霜园景色真不错。"

"你都逛完了？"

"还……没。"苏子莫正准备说"那我先走了"，炎褚翮便先她一步开口："裙子，很漂亮。"

苏子莫低头一看，自己身上这条淡蓝色的棉布长裙是牛奶姐姐推荐她穿的，其实她本人偏好的是背带、沙滩裤什么的。

"哦呵呵，谢谢。"按理说说到这儿也就差不多了，毕竟刚收到来自考神的夸赞，苏子莫一时开心，不免心直口快，傻笑着说出了明显是脑子进水还漂着拖鞋的一句话："可能是我长得好看，所以穿什么都好看的缘故吧。"

"说真的……"

我错了，考神君，Stop！屏蔽你的毒舌技能！苏子莫在心底哀嚎。

炎褚祤打量着苏子莫，目光里的玩味渐渐褪成说不清的感情，在柔和的光晕下深沉且迷离。

"还行吧。"

## 第二十六卷 考神君的初吻
## 给了谁

　　那个傍晚，考神一脸迷惘的笑意，说："我初吻没了。""考神，你的初吻对象是人还是什么？"某心急的妹子壮起胆子问道。考神眼底的笑意一下子打住，一脸高深莫测地说："人。"

　　"嗯，没错，想亲的对象是人。"安小藤一副万事了然于胸的样子。

各位看官莫急，且听我把故事慢慢道来。

夏令营的野餐项目中，就见漫山的色彩炫丽，芦苇轻轻摇曳，在安小藤的盛情游说下，一干人等向着旁边的某座小山丘兴致高昂地进发了。

"芷惠，你脚不是受伤了吗？"炎褚祹问道。

披肩发的少女嫣然一笑："没关系的啦，羽毛你关心我呢？！"苏子莫的表情已经不是苍凉可以形容的了。

由于是心血来潮，几个人压根没有找路，临时穿过及肩高的草丛走，冷不丁就会被荆棘刺得直吸凉气。

安小藤和苏子莫有一句没一句地聊着天："嗳，我昨晚上做噩梦了。"

苏子莫的好奇心顿时被勾起来了："什么噩梦啊？"

安小藤说："我梦见一个长得奇丑无比、要多丑就有多丑的鬼突然出现在我面前，我掉头就跑，那鬼就追着我跑啊跑啊跑啊……"

苏子莫的嘴角抽搐了，面色阴沉："那鬼就追了你一晚上？"

安小藤十分不解，弱弱地问："难不成该我追那鬼一晚上？"

总算到了山顶，几人正在休息之时，忽听芷惠一声尖叫："啊！"

正当苏子莫刚刚回头时，就见炎褚祹笑嘻嘻地举着一根树枝，树枝梢上攀附着一条肉嘟嘟、黑漆漆的毛毛虫。

苏子莫默默地和虫对视了一阵，又和人对视了一阵。期间不乏各位反应过来的同学的尖叫声。

"切，原来你不怕。"炎褚祤说着，把树枝扔到地上，捡了块称手的石块，扬起手臂。

苏子莫忽然反应过来他要干什么，不！就为了她和虫子对视时，虫子那无辜的眼神，她不能放任这种悲剧发生。


啪！

"有权利活下去的不只是你！大家都为了生存，大家都不容易，你怎么能这样！"

苏子莫义愤填膺地说完，忽然明白了什么，看着面前捂着肩膀的炎褚祤，声音都颤了，"不好意思。"


"山顶的几个，给我下来！"

完了，被山下的带队老师发现了！

苏子莫仓皇一转头，竟和安小藤的目光相接，"跑回去啊！"

几人一慌，二话不说就一头钻进了灌木丛。方才上山的时候因为格外小心，所以还没怎么被荆棘伤着，但此时呢——

"啊！好痛啊！"

"我去！我去！这里刺更多！"

"嗷——"

待他们疯了一般冲下山丘，才发现考神君和芷惠的身影，早就等待已久。

不等他们询问，考神君已扬手一指："那边，有条路直通下来。"说着，他把脸转向苏子莫，"刚才你们鬼哭狼嚎、披荆斩棘的惨状真是令人不忍直视啊。"

苏子莫才不甘示弱，一开口就文绉绉地来了句："你不懂，这叫'人间正道是沧桑'。"

一旁的某仁兄忽然反应过来，打量着并肩而立的炎褚裀和芷惠，忽然一捂眼睛："哦！我看到了什么？！"

苏子莫顺势看去："我怎么没看到'什么'？"

芷惠微微一笑："你眼镜都没戴，当然看不到'什么'。"

炎褚裀不着痕迹地扫了她一眼，状似不经意地说："其实就算戴了眼镜，也不见得能看见'什么'。"

苏子莫正跟安小藤说说笑笑，自然没注意这边的刀光剑影。

芷惠清秀的容颜仍旧挂着迷人的微笑，此刻却多了一分刺目的伤感："你还是这么抠门，连给人一丝自欺欺人的幻想都吝啬。"

她习以为常地去搜索他脸上自责的微笑，却一无所获。

"……就听我们宿舍那孙子越讲越恐怖，原本考神特淡定，往那儿一坐跟听笑话似的，后来忽然就听他一声惨叫，吓得小爷我直接从床上翻下去了。你猜他为什么尖叫？"

安小藤装神弄鬼地耸耸眉毛。

苏子莫忍俊不禁，"为什么？"

"喂，不要随便泄露别人隐私。"炎褚裀忍无可忍，轻咳两声，敲敲安小藤的脑袋。

安小藤面对考神君阴沉的脸，视若无睹，低声说："考神最害怕长头发的女鬼。"

"长头发"三个字说得尤其拿腔拿调，说完，欲盖弥彰地咳了几声，"咳咳咳"，佯装没看见芷惠难看的脸色。

"这里长头发的就芷惠一个，安小藤你几个意思？"一旁的某妹子打抱不平，叉着腰，气势汹汹地问道。

安小藤一本正经地直着腰板儿，竖起食指："就一个意思——我说的是长头发的女鬼，欢迎对号入座。"

说着，十分灵活地左右摆动食指，滑稽的模样顿时把苏子莫逗得前仰后翻。

"羽毛羽毛！那边有风筝哦！走，一起去看！"

芷惠很快振作起来，一脸欢快的笑。

望着渐行渐远的背影，苏子莫和安小藤竟齐齐发出了一声叹息。两人皆下意识望向对方。

苏子莫挤出一丝笑："果真是璧人一双。"

安小藤高深莫测地捏着下巴："炎褚裪那个人呢，虽说对追他的女生狼心狗肺，但对朋友嘛，他太纵容了。"

"芷惠没追他？！"

"语文课代表，你要想想啊，其实跟他告白的不是对手，真正的对手是那些不显山不漏水、潜伏在他身边一副红颜知己状的那种人。"

苏子莫越听这话越不对："'对手'？"

安小藤露出会心一笑，"你懂的——不过不要忧虑，你别看那家伙一天到晚玩世不恭的傻样，其实他……有喜欢的人了。"

扑通、扑通……

隔了半晌，苏子莫才憋出一句："啊？……"

她觉得自己真不是正常人。正常人这时应该掩藏情绪，不动声色地慢慢套安小藤的话。而她却觉得热血沸腾，脑门一热，傻傻地指着自己："不会是我吧？"

安小藤当场石化，半晌才讷讷地憋出一句："您老是不是太直接了？虽然说其实……"

"羽毛，我去你妹的！"

一回头，女孩虽然语气里满是恼怒与嗔怪，脸上却是掩饰不住的笑意。而炎褚裯，一脸绚烂的坏笑，正全神贯注地低声和芷惠说着什么。

苏子莫忽觉胸腔内的某一处竟一下被刺得生疼，兴许是那笑靥伴随着阳光袭来太过刺眼……又兴许是她那么清晰地意识到，那笑不是给她的。

先前被考神辅导数学的时候，她一直热衷于惹考神生气——

"这题你不会？你有本事再说一遍你不会？喂！"

"你用这种眼神看我到底是懂了还是不懂？喂！"

"我忽然觉得你一天比一天笨是怎么回事？喂！"

"喂！"

唯一一次让考神君比较愉悦，是那次她终于小宇宙大爆发考出了张 95 分的卷子。她清晰地记得当时考神君盯了她的卷子好半响。她问："怎么了？"

考神君百感交集，像是一个在沙漠里颠沛流离了不知多久终于看见绿洲的难民："这感动来得太突然，我现在有点儿昏，你等我冷静一下。"

请慢慢想象苏子莫痛遭鄙视后敢怒不敢言的表情。


总之，两个人在一起，不是你惹我生气，就是我惹你生气。

先前觉得，这没什么不好，比起很多和考神君说不上半个字的女生，这样每天打打闹闹已经很不错了。

但眼下，看着那两人旁若无人的说笑，心底忽然涌起一股酸楚：你算什么呢？那样的相处才是考神君要的相处。你以为你和人家打打

闹闹、针锋相对是在演韩剧啊！

就像每一个青涩浪漫的故事，男女主角都优异出众，所以理所当然地走到了一起……因此，注定会有人成为故事之外的人。

如果说自己只是个跑龙套的话，苏子莫竭力绽开一个微笑，那自己还是蛮成功的嘛——

毕竟，恰到好处地衬托了完美无瑕的女主角；毕竟……自己的在意侧面烘托了男主角的魅力。

记得有人说："一部电影里，绝不会有人记得跑龙套的悲喜。"

哦，想起来了，是考神君举的一个例子，"……所以，下次解几何题的时候找准关键线段，无关紧要的线段只是帮跑龙套的而已。"

就是啊，明明只是个……跑龙套的而已。所以，你放心，该我退场的时候，我会悄悄地离去。

毕竟我只是你浓墨重彩的人生里，最无关紧要的那一笔。

"喂。"女子平淡的声调从电话那头响起。

即使两人现在相隔甚远，炎褚裪也能感觉到无数根看不见的细线牵在女子的手里，无时无刻不在操纵着他的一切。

胸口就仿佛压了千斤重的石头，长叹一口气，平静地吐出了那个沉重的字眼："妈。"

他平静地听着妈妈井然有序的安排，脸上本能地挂着恭顺的微笑："明白，好的……妈，我也爱你，明天见。"

"知道这个毛绒玩偶有什么特别的吗？"安小藤问。

"唔！"苏子莫还没反应过来，那毛绒玩偶的嘴巴就结结实实地盖在了她的唇上。她的脸一下子羞得通红。

安小藤哈哈大笑："这个叫'初吻猎者'，很多人的初吻都被它夺走了——现在包括您老的。"

原本只是抱着胳膊在一旁看热闹的炎褚祤这时却忍无可忍地走过来，凭借身高优势，一把夺过毛绒玩偶："安小藤，看不出你还是这么恶趣味！什么都别说，这个玩偶归我了——省得你再用它去祸害人间。"

语毕，目光却状似不经意地坠进苏子莫的眼底。


嗳，看我作甚？

一片淡淡的绯红在苏子莫的脸上绽开。


"该不会昨儿我用'初吻猎者'夺了你初吻之后，你就爱上它了吧？"安小藤佯装不知炎褚祤的意图，只是嘻嘻地坏笑着。

炎褚祤一挑眉："去你的，谁跟你说的昨天那个是我的初吻？"


在场的大部分妹子的脸色皆是一惊，纷纷把探寻的目光投向炎褚祤。

而炎褚祤却就此缄口不言，只是眼神却渐渐幻化，带上一份前所未有的温柔，似是拾起了某段甜美的往事。

安小藤却努努嘴，毫无防备地咕哝了一句："亲都没亲到，还真就当真了……"

他还记得那个傍晚，考神一脸迷惘的笑意，说："我初吻没了。"

当考神说清了事情的来龙去脉时，安小藤恨铁不成钢地大怒："呸！我还以为得多浪漫呢，就亲了一个本子你就成这样了？"

"考神，你的初吻对象是人还是什么？"某心急的妹子壮起胆子问道。

考神眼底的笑意一下子打住，一脸高深莫测地说："人。"

"嗯，没错，想亲的对象是人。"安小藤一副万事了然于胸的样子。

芷惠的脸色落得不能再难看。她一直觉得考神的冷淡是因为心思不在这方面，但貌似……另有蹊跷。

而苏子莫则陷入了一片茫茫的失落——原来，青梅竹马、情投意合的故事，是真的。

"集合！"

众人纷纷朝着各自的队伍走去，苏子莫却是下意识地回头搜寻某个身影。却不想，两人的目光不谋而合地撞在了一起。

"今晚见。"炎褚祤咳了两声，掩饰内心的尴尬。

哦，对了，今晚的晚会还有得热闹呢。

不知为什么，苏子莫突然有一种不好的预感，就好像炎褚祤一转身离去，便会就此在她的世界里销声匿迹。

# 第二十七卷 就此一别

　　年少的感情就好比浮萍，在残酷的现实面前，那么青涩，那么……不堪一击。据说每一个少年面对心动的女孩都曾在内心问过自己，我能给她什么？

在小镜子面前左转转，右转转，苏子莫望着边缘刚好及膝的牛仔裙，深深地吸了一口气："短是短了点，但还算好看吧？"

宁温颜毫无防备，被苏子莫这话一吓，险些被牛奶呛死，咳了半天，一脸嫌弃："你这裙子也叫短？"

苏子莫理了理裙子的边缘，努努嘴："真的很短。"

"不就是在大礼堂搞个联欢晚会嘛，你至于那么慎重啊！"

宁温颜撑着脑袋，斜倚在枕头上看苏子莫乐此不疲地折腾着头发。

"其实我觉得我披着头发也挺好看的欸！"看着镜子里整装待发的自己，心不禁扑通扑通地狂跳起来。

事实证明，"矜持"这两个字在苏子莫的人生里是不存在的。看着穿着裙子却撒腿狂奔的苏子莫，宁温颜感慨万千地想道。

礼堂的大门口人山人海，苏子莫这次却没有习惯性地低下头，似乎一切的吵嚷与喧嚣，都只是为了衬托远处那个少年的淡淡一笑——Hey，考神君。

好吧，思绪从文艺回转到现实，苏子莫死死地瞪着自己的五百度近视眼，把眼镜推了又推。宁温颜十分实在地问出了她的心声："人这么多，你确定你找得到？"

她还记得，那个少年好整以暇地把胳膊抱在胸前，慵懒地微微偏着脑袋。

"我这么笨，你确定我做得出来？"

她咬着笔杆，盯着面前的几何题小声咕哝。哎哟天哪，那黑白分明的线段绕来绕去，绕得她死的心都有了。

他就发挥他闲扯的本事，道："我看书上说，一般情况下，眉毛间距宽得不像话的人智商才有问题，你看你的眉毛——挺好的。"

他的闲扯还真就勾起她的胡思乱想了。她用笔头拄着下巴，想起数学老师那两条仿佛有深仇大恨、恨不得不在一个平面上的眉毛，很郁闷地说："难道我一直在跟一个傻子学数学？"

炎褚祤当即抄起数学书，恶狠狠地冲着她，凶巴巴地说："你再讲一遍？！"


明明是乏味烦琐的寻找，她却乐此不疲，努力睁着愈发酸痛的眼睛，坚定不移地搜寻着那熟悉的身影。

但面临的却是一次次失望，脸上的笑容再难支撑。

"苏子莫，我听说这次并不是所有人都来了。要不干脆咱们找个座位随便坐，人这么多，就算来了也……"

"呼——总算，找到了。"


坐在那儿的少年，在她眼中那么醒目，那么闪耀。

谢天谢地，感谢眼镜君的支持！

深吸一口气，瞪圆眼睛，大步流星地坐过去。越来越近、越来越近！风在吼，马在叫，黄河在咆哮！黄河在咆哮！

台上闪烁的镁光灯柱随意地晃动着，其中暖黄色的一抹，恰好从少年俊逸的脸上划过。


她又想起，他曾说，"你好好背概念，中考数学上了 140 分，我就

带你去清迈泡小酒馆。"

"啊？"

小酒馆？

那是她闻所未闻的世界。

他说，他和安小藤就一起去泡过。那里的小酒馆，不似夜幕中灯红酒绿、喧嚣神秘的酒吧，反倒从里到外透着一股子闲暇清欢的调调。

他说，那里有老旧的木制装饰，半透明的彩色果饮，还有可堪掬捧的暖黄色灯光。就算坐在酒馆里发一下午呆，也是一件很幸福的事情。

……

他还说，将来一定会带上他爱的女孩儿，去那块一离开就会想念的土地上，雕刻时光。


压制着自己狂跳的心，故作镇定地扑向猎物——考神君邻座的空位。

就在坐下的那一刻，心跳速度达到了巅峰。

淡淡看了一眼身旁的苏子莫，他忽然"噗嗤"一下笑了，说："你迟到的'优良传统'还真就改不掉了啊。"


上过早上第一节课的老师，都饱览了苏大侠迟到的种种风采。

她每次都垂着脑袋，一副乖乖认错、誓要痛改前非的表情，但他却看见她转身时俏皮地一吐舌头。他一脸不耐烦："天天迟到，累不累啊？"

苏子莫腆着脸，一脸懊丧："我都天天坚持上学了，连有点儿迟到的小嗜好都不行啊？"

默默地看完了第一个女高音献唱的节目，苏子莫只觉得自己跌进了回忆的深谷里，甘之若饴。

但就在第二个节目开场时，苏子莫全身的汗毛都竖了起来，一种传说中的感觉席卷全身——虎躯一震！

芷惠，你妹夫啊！

好吧，登场的不是芷惠她妹夫，是一身火红色短裙、长发披散的芷惠！

那裙子，那腰，那小脸……

苏子莫已经听见不少人吞口水的声音。

她简直不敢看炎褚祤的表情。万一也是一脸讲得好听点是"陶醉"，讲得难听点是"色眯眯"，她的心就要碎一地了。

喂，我也穿了裙子的好不好？

苏子莫暗暗腹诽，摆弄自己的裙角，耳畔是一阵高过一阵的劲爆音乐、尖叫。

"别再穿裙子了。"

嗯？

一个声音忽然响起，苏子莫一愣，声源是……考神君？

"谁，我？"苏子莫傻傻地指着自己。

炎褚祤没再说话。观众席有些暗，所有的灯光都聚集在台上，苏子莫看不清他的神情。听错了？

过了老半天，他才说："短了，不好看。"

哦，好像真的是在跟我说话欸。苏子莫努努嘴，批判道："更短的裙子，你还看得目不转睛。"

他把脸扭过来，眼里带着责备，似是责怪她的蠢笨与迟钝，一字一顿地说："不一样。"

不一样？她小心翼翼地咀嚼着这句话，心里有一头疯狂的小鹿正撒丫子乱撞，哦……不一样！

一直小心翼翼地在意着他，并捕捉着每一丝他似乎也在意着自己的证据，苏子莫的嘴角渐渐绽开一抹心满意足的弧线——最有力的证据，找到了。

嗯，不一样。

"你腿比较粗。"他淡淡地补充道，同时准备听苏子莫大骂一声"滚你妹夫"了。

但事实证明——苏子莫，就是那个能让他随时抓狂的苏子莫。

"哦……"她若有所思，弱弱地说：

"考神君，原来你还看女生大腿啊。"

第三个节目开始了，是一个妹子深情款款的情歌。

他也不知自己是怎么了，情不自禁地开口："我，明天晚上的飞机走。"

"哦——"她拉长了音调，迟钝地回应道。只觉得"明天"这个词那么的尖锐，一下子遁入她的心口，向浑身上下的每一根神经蔓延着疼痛。

本就是两条相距甚远的弧线，偶然间的交汇已是奇迹，怎还敢奢望"山无棱天地合乃敢与君绝"的结局？


呆呆地盯着台上的姑娘闭目吟唱，苏子莫却觉得心里缺了一大块，再也填补不了了。

"那明天下午，你会去参观科技馆吗？"明天去科技馆，是北淮中学这次夏令营的最后一站。

"看情况。"他说的是老实话。

"尽量……去呗。"她也不知道自己在笃定什么，不大的声音里装满了破釜沉舟的坚毅，"我会去。"

原谅这样一个怯懦的我，没有资本在你面前豪爽地"摊开卷子"，但我可以把挡在"卷子"上的手撤开。你愿意，回头看吗？


曲终人散，难再聚。


一大早，望着结构复杂、占地颇广的科技馆，苏子莫自信满满地一笑。科技馆，我苏爷来了！哦，不，口号错了，考神君，我苏子莫来了！

"这……找得到吗？"眼前是人满为患，宁温颜嘴角抽搐。

"以前让我找到了，现在，也能找得到。"下一秒，苏子莫一头扎进人山人海里。

"喂！你直接给他打个电话不行吗？！"宁温颜恨铁不成钢的一声

吼，却半点也不惊讶地发现，哦……苏子莫早不见了。

就算听见了也没用，因为苏子莫一直以来压根就没有记过考神君的手机号。

她想起，以前每一次做数学题，都好像在迷宫里乱撞。运气好点还真就能撞出正确答案，运气坏点，撞个"头破血流"不说，轰轰烈烈地就挂了科。

不知是第几次在迷宫里磕磕碰碰，鬼使神差地就从天而降一个少年。对她说："笨！笔。"

数学题那么七拐八绕的迷宫，都被她逮住了考神君。不就是一个科技馆嘛，不在话下，没问题！

她想，只要自己坚持不懈地逛下去，就一定、一定会和少年狭路重逢。

可年少的悲哀，往往就在于，这个世界没我们想的那么美好。

怔怔地站在人来人往、熙熙攘攘的大厅内，名叫忧伤的海浪渐渐涨潮，淹没了心房。

就这样，再也见不到了吗？

就这样，义无反顾地消失在她的生命里了吗？

如果一切重来一遍，我定不会念北淮中学，宁愿错过那树影团团，铜像沧桑；

如果一切重来一遍，我定会好好学数学，错过那段滑稽的岁月；

如果一切重来一遍，我宁愿永远都不要遇见，那个绰号"考神君"的少年。

若愿不念，安可相见？

"苏子莫，笑一个！"

宁温颜举着单反相机，将苏子莫从悲伤的海洋中挣扎着拉起。

呐，时光还是很美好的，我会竭尽全力地珍爱往后的每一寸光阴——即使这光阴里，再也不会有你。

苏子莫举起剪刀手，露出了大大的笑容。

咔嚓！

返程的车上，宁温颜刚洗出的照片被众人传看。

"苏子莫，你的这张不错哟！"

苏子莫接过相机，就见照片上自己笑得纯真烂漫，身后是人来人往，还有……

嗳？

嗳！

那是一个大大的落地窗。她愣住，旋即失笑，不断摇头，蓄势已久的眼泪簌簌直下，道道泪痕布满了笑脸。

她看见，照片内，落日的余晖穿过窗棂，在宽敞的大厅内辗转，而笑容爽朗的自己身后，不远处，定定地……站着一个少年。

Hey，考神君！

# 卷尾语

# 写出"学生党"

静谧的夜里，键盘"噼里啪啦"的敲击声在耳边轻轻萦绕。我凝神描绘着那段恣意烂漫的时光，不知不觉，已然敲下最后一个句号。

一声微不可闻的叹息，坠进初冬的晚风里。

写长篇小说于我而言是一件悲喜交加的事情——悲的是，有时控制不住写个酣畅淋漓，半夜三更就要独自对着一沓厚厚的作业默默饮泣……嗯，学生党你们懂的！

喜的是，可以尽情地挥洒灵感，精心雕刻着那一字一句，竟真的像是把年少一切的美好都装进了精巧的玻璃罐里，永远、永远都不会老去。

"苏子莫"这个人物的诞生纯属偶然。

# 的喜怒哀乐

彼时，我还在念小学五年级。

一张涂满了叉叉的数学卷像个长期遭受家庭暴力、浑身淤青的家庭妇女在我面前哭泣，控诉着我数学课的各种罪行——和同桌玩井字棋，撑着下巴放纵纷飞的思绪，躲在课本下看小说还自以为聪明绝顶……

我怒了，从此一头扎进几何与代数的海洋里，扑腾得水花四溅。

就在那阵子写随笔时，我突然觉得，笔下的这个人物虽然有我的影子，但不知从何时起早已有了属于她自己别具一格的个性。

于是乎，就这样停不下笔，乐此不疲地将她的喜怒哀乐写了下去。

那年的考神君同学确实很欠扁，用他的话说，"小爷来地球是为了拯救你们的智商"。

我自然不甘示弱地表示了对他的不满。他耸耸肩，答得理所应当：
"小爷只是不想被这个世界磨去所有的棱角。"

　　他说这话时，脸上覆着一层温和的光晕，表情生动得不可思议。

　　我下定决心要把他写下来——纵然以后，考神君真的会像鹅卵石那样被现世磨得圆滑世故；但至少，那个轻狂不羁的少年，还以他最本真的姿态、洒脱地活在字里行间。

　　虽说我人生中的第一场考验"中考"将至，但还是决定在初三这流水般的岁月里继续不紧不慢地刻画我的考神君。

　　谨以这本《Hey，考神君》，献给同样热爱文字的你们——愿你们会在故事人物身上，寻到属于自己青春如歌的模样。